KB195274

illustration
Mika Pikazo

background painting

스메라기 히요코

텟타

ep.2
마왕군,
썰어 봤다

무릎 꿇어라, 세계여

내 화염에

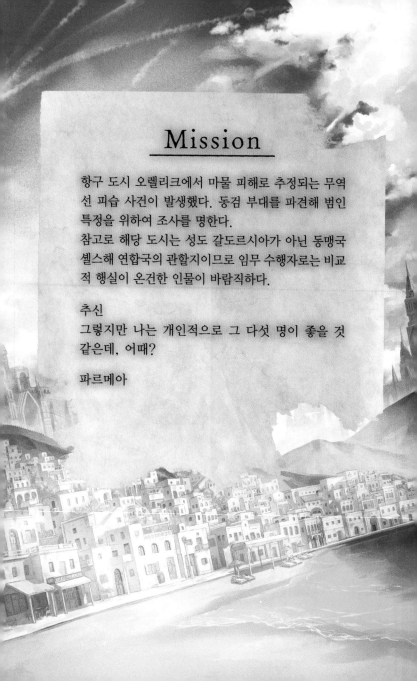

Mission

항구 도시 오렐리크에서 마물 피해로 추정되는 무역선 피습 사건이 발생했다. 동검 부대를 파견해 범인 특정을 위하여 조사를 명한다.

참고로 해당 도시는 성도 갈도르시아가 아닌 동맹국 셸스해 연합국의 관할지이므로 임무 수행자로는 비교적 행실이 온건한 인물이 바람직하다.

추신
그렇지만 나는 개인적으로 그 다섯 명이 좋을 것 같은데, 어때?

파르메아

내 화염에 무릎 꿇어라, 세계여

ep.2 마왕군, 썰어 봤다

스메라기 히요코 지음

Mika Pikazo 일러스트

텟타 배경화 일러스트

김장준 옮김

The Devil's Army, Decimated
By My Flame the World Bows Down

CONTENTS

chapter   story

프롤로그   013   『바캉스를 예감하다』

1장   027   『아레스와 리안』

2장   043   『숲속의 곰 아저씨』

3장   065   『제재와 군중』

4장   091   『이세계 학교 수영복 발견담』

5장   107   『영주의 딸』

6장   123   『보이지 않는 본심』

7장   135   『고요한 어촌』

8장   159   『워킹 죠스』

9장   187   『교멸(鮫滅)의 칼날』

10장   223   『체인소 걸』

에필로그   259   『속내를 터놓다』

후기   272

Incredible Girls
정신 나간 녀석들 소개!

프로토

기계 생명체. 일본 기술자에게 미소녀 로봇으로 개조당한 외계산 기계. 지구보다 고도의 기술로 만들어졌지만, 무슨 일이든 힘으로 해결하려고 한다. 성격이 전방지다.

호무라

발화 능력자. 초능력으로 몸이 발화하는 소녀. 부대 안에서는 가장 상식적이라고 자부하지만, 마음 깊은 곳에서 어떤 욕망이 꿈틀대는데……?

사이코

매드 사이언티스트. 인체실험과 B급 영화를 좋아하고 이세계에서도 추악한 크리처를 만들려고 한다. 머리는 좋지만, 그 지력은 남을 놀리는 데 사용된다.

진

암살자. 일본의 어둠 속에서 암약하는 암살자 일족의 한 명. 악을 처단하는 것 말고는 관심이 없었지만, 이세계에 와서 자기 실력을 시험하는 재미에 빠져들고 있다. 쌀밥을 좋아한다.

츠츠미

생체 병기. 독가스 살포를 목적으로 한 병기였지만, 기능 부전으로 실패작 취급받았다. 어린 분위기지만, 밥은 누구보다 잘 먹고 주저 없이 사람을 죽인다. 부대의 마스코트.

프롤로그 『바캉스를 예감하다』

The Devil's Army, Decimated
By My Flame the World Bows Down

"하, 쓰레기를 소각하니까 속이 다 시원하네요!"

호무라의 표정은 청명한 하늘만큼이나 맑았다.

가다리 마을 사건 이후, 호무라 일행은 하급 마수나 도적 퇴치 임무를 수행하며 지냈다.

지금도 도적 퇴치 임무를 마치고 더부살이 중인 구르도프 저택에 도착한 참이었다.

"우리는 몰라도 일반인인 네가 퇴치 임무에 거부감이 없는 건 정신 상태가 의심돼."

선두를 걷던 사이코가 호무라에게 핀잔을 줬다.

"깜짝 놀랄 만큼, 1밀리미터도 반론의 여지가 없네요!"

당연하게도 원래 살던 세계에서는 평범한 일반인이었던 호무라는 **위험한 짓**과 인연이 없었다. 인체 실험이나 암살, 생체 병기 교육과는 무관한 삶. 심지어 외계 생명체라서 지구 생명체의 마음을 모르는 것도 아니었다.

"그래도 악당이잖아요. 좋은 세상 만들려고 한 일이기도 하고, 가급적 고통스럽지 않게 화력도 높였고……."

결과적으로 사람을 돕는 일이니까 호무라는 가차 없이 태운다. 오히려 괴롭지 않게 최대한 높은 화력으로 태운다. 자비롭게 무자비하다.

"그래, 지옥불 같은 공격성이지만, 태워 먹어도 되는 적에게만 발산하는 건 아직 이성이 남아 있다는 증거지. 그래도 **회까닥**하면 죽일 작정으로 막을 테니까 각오해."

"각오하고 있어요~. 일단 정신을 유지하는 훈련은 하고 있지만, 그렇게 되면 봐주지 말고 처리해주세요……."

죄책감을 희석하려고 악인을 불태울 뿐이지, 호무라의 가슴속에는 무언가를 불태우고 싶다는 충동이 항상 자리 잡고 있었다. 더군다나 가다리 마을 사건으로 완전히 흥분 상태에 빠져 버리면 무차별적으로 불태우려고 한다는 폐해가 드러났다. 하지만 호무라 본인도 그것은 바라는 바가 아닌 터라 스스로 제어하기 위해 필사적으로 노력했다.

"그나저나 우리, 이쪽 세계에 잘 맞아서 다행이죠? 악당 퇴치도 할 수 있고. 오히려 이쪽이 살기 편하다는 느낌도……."

호무라는 이세계에 오길 잘했다고 안심했다.

"그대들과 똑같이 취급하지 말았으면 좋겠군."

따지고 든 사람은 의외로 진이었다. 늘 보는 무표정이지만, 목소리에는 불만이 여실히 묻어났다.

"와, 진 씨도 농담을 다 하시네."

하지만 발언과 인상의 괴리가 너무 커서 호무라는 진지

하게 듣지 않았다.

"농담이 아니다, 멍청한 녀석. 사람 목숨을 뭐로 보는 거
냐."

진은 결국 못마땅하게 표정을 구기며 호무라의 머리를
가볍게 쥐어박았다.

"아얏! 죄, 죄송해요. 아무 감정도 없이 칼부림하는 줄
알았는데……."

제법 아팠는지 그 자리에 쭈그려 앉는 호무라를 무시한
채 네 사람은 성큼성큼 현관으로 걸어갔다.

"적이 같은 종족이라는 이유만으로 일일이 그런 감정을
품어? 인간은 귀찮네."

"흐아암……."

프로토는 인간의 생태를 신기하게 여겼고 츠츠미는 졸음
과 싸우고 있었다.

사이코가 저택 현관문을 밀었다. 경첩이 삐걱거리는 소
리와 함께 한 소녀의 목소리가 호무라 일행을 맞이했다.

"어서 오십시오."

저택에서 생활하는 메이드가 공손하게 머리를 숙였다.
표정과 목소리에는 늘 감정이 실리지 않지만, 인기척도 없
이 등 뒤에 서는 등 특이한 장난기가 있다는 사실을 호무
라는 최근에 알게 됐다. 그 때문에 몇 번이나 놀랐는지 모
른다.

암살자 재능이 있다, 라고 호무라는 오타쿠 같은 해석을 하며 혼자 흥분했었다.

"다녀왔어요."

평소처럼 인사를 돌려주고 평소처럼 목욕탕으로 갔다. 이제는 당연해진 임무 후의 루틴이었다.

……그런데 그때, 고개를 든 메이드가 일행을 불러 세웠다.

"피곤하실 텐데 죄송하지만, 구르도프 님이 기다리십니다. 입욕을 마친 후, 집무실로 와주십시오. 다음 임무에 관해 이야기한다고 하십니다."

담담하게 용건을 전한 메이드는 다시 고개를 숙인 뒤 떠났다.

"일 끝내고 오자마자 또 일이야? 사람을 갈아 넣네. 아 참, 원래 사람이 갈려 나가는 세계였지……."

"에이, 너무 그러지 마요. 마왕을 해치우려면 힘을 키워야 하니까 인내해야죠."

호무라는 푸념을 늘어놓는 사이코를 달랬지만, 사실 사이코와 같은 심정이었다.

마왕의 재림으로 마물 활동이 활발해졌고, 불안이 치안을 악화시켰다. 마왕 타도를 노리는 이유는 부탁받았기 때문이기도 하지만, 이미 이곳은 자신들이 살아가는 세계였다. 자유롭게 살기 위해서라도 목적지는 변함없이 그곳이었다.

……다만, 연이은 임무로 피로가 쌓인 것은 부정할 수 없었다.

"그러고 보니 마왕을 해치우고 세상이 평화로워지면 나는 누굴 인체 실험 재료로 써야 하지?"

"그때 사이코 씨는 이미 지하 감옥에 처박혀 있을 테니까 걱정 안 해도 돼요."

"당장에라도 지하 감옥에 살림 차릴 것 같은 인간이 뭐래."

"……."

"……."

드잡이질이 시작됐다.

"왜 불렀는지는 들었겠지? 거두절미하고 본론으로 들어가겠네."

서재를 겸한 집무실의 책상에 가주인 구르도프가 앉아 있었다. 여전히 퉁퉁한 체구에 근엄한 얼굴이 어울리지 않았다.

"이번 임무는 『오렐리크』라는 항구 도시에서…… 엄청나게 졸려 보이는군, 자네들!"

바로 본론으로 들어가려고 했지만, 바로 전원 곯아떨어지게 생겼다. 졸려 보이는 수준이 아니라 몇 명은 실제로 잠들었다.

쌓일 대로 쌓인 피로에 더해 목욕으로 긴장이 풀렸고,

방에 떠도는 종이 냄새와 창으로 드는 오후의 햇살이 졸음에 박차를 가한 것이다.

프로토는 창가에서 햇볕을 쬐며 수면 모드에 들어갔고 츠츠미는 소파에서 새근새근 잠이 들었다. 진은 꼿꼿이 선 채로 말없이 눈을 감아 깨어 있는지 자는지 분간이 안 가지만, 아마 잠든 것 같다.

"피곤한 걸 어떡해."

"목욕도 했으니까요."

가뜩이나 피로한데 긴장이 풀리면 졸린 것은 당연지사. 타이밍이 적절하지 않았다.

"하지만 목욕하기 전에 부르면 너희 막 짜증 내잖아, 무섭게……."

"피곤한 걸 어떡해."

"목욕도 못 했으니까요."

가뜩이나 피로한데 긴장도 풀지 못하면 짜증 나는 것은 당연지사. 타이밍이 적절하지 않았다.

"그래서 편하게 쉬게 해주면 어느샌가 밖으로 빠져나가서 행방이 묘연해지고……."

"됐고, 빨리 임무나 말해."

"그래요. 그거 들으러 온 거니까."

반론할 여지가 없으므로 화제를 되돌렸다.

"크으…… 이 코흘리개들이……!"

당장 폭발할 것 같던 구르도프는 거의 한숨에 가까운 심호흡으로 화를 삭였다. 이것이 코흘리개들은 갖추지 못한 「인간성」이라는 것이었다.

"그럼 각설하고, 항구 도시 오렐리크에서 사건이 발생했네……. 항행하던 무역선이 누군가에게 공격당해 침몰했다는군. 범인은 마물일 가능성이 크고 자네들에게 조사 의뢰가 들어왔어. 자세한 의뢰 내용은 거기서 직접 듣게."

"상어네. 이건 무조건 상어다."

"B급 영화 마니아는 조용히 하세요."

B급 상어 영화가 뇌까지 파먹었나 보다. 가엾게도.

"그나저나 이번에는 『조사』네요……?"

평소에는 퇴치 의뢰인데, 라며 호무라는 신기하게 생각했다.

"그래. 이번에는 어디까지나 조사지. 마물을 만날 위험성은 있지만, 조사 후 자네들보다 상급자가 따로 움직일걸세."

다시 말해 범인만 특정하면 싸우지 않아도 임무 완료라는 뜻이다.

"그렇다면 평소보다 편하겠네!"

"항구 도시를 실컷 돌아볼 수 있겠어요!"

"그런 셈이지."

오히려 그쪽이 본론인지, 구르도프는 한결 밝아진 두 명의 얼굴을 보고 만족스레 미소 지었다.

"그래도 임무는 임무야. 해이해지지 않도록 주의하게."

그리고 당부도 잊지 않았다. 아픈 곳을 찔려 호무라는 흠칫했다.

「항구 도시」라는 말에 들뜬 것은 사실이었다. 애초에 섬 검대에서도 가장 계급이 낮은 동검 대원에게 의뢰를 맡겼다는 시점에서 그다지 위험한 임무는 아니었다. 휴식이 간절하던 호무라 일행에게는 그야말로 포상 휴가였다. 긴장의 끈을 풀다가 사고를 치는 상황이 절로 상상된다.

하지만 여기서 어떤 걱정거리가 머리를 스쳤다.

"저, 그런데…… 이런 말을 하기는 그렇지만, 오렐리크 쪽 대원은 괜찮을까요?"

호무라는 에둘러 루트루드 같은 위험인물이 없냐고 물었다. 직설적으로 말하지 않는 이유는 루트루드가 구르도프의 제자이기 때문이었다.

호무라의 의중을 알아챈 구르도프는 목소리를 낮게 깔면서도 안심하도록 대답했다.

"돌려 말할 필요 없네. 지부장인 토레크와는 오래 알고 지냈어. 미덥지 못하게 생겼지만, 믿음직한 사나이지. 루트루드처럼 겉과 속이 다른 인간은 아니야."

"그런, 가요…….''

오히려 신경을 써주는 바람에 호무라는 말꼬리를 흐리고

말았다.

"후유…… 제자가 어떤 고민을 끌어안았는지 깨닫지 못한 내가 한심할 따름이군……."

구르도프는 시선을 아래로 떨어뜨렸다.

"그 녀석은 옛날부터 능력이 출중해서 나와 만났을 무렵에는 동년배 아이들을 깔보고는 했지. 총명하고 실력도 있고 집안도 좋아. 그래서 자신과 너무 다른『가지지 못한 자』를 이해하지 못한 게야. 그런 이해할 수 없는『가지지 못한 자』를 지키려고, 이해할 수 없는『정의』를 짊어진 채 살아가는 나나 시그렛 같은『가진 자』역시 이해할 수 없는『무언가』로 보였을지 몰라."

고개를 든 구르도프는 호무라 일행을 똑바로 바라봤다. 그 눈에는 후회의 기운이 감돌지만, 어딘지 모르게 안도한 것처럼도 보였다.

"어쨌거나 루트루드를 막아줘서 고맙네. 마음이 어지러워 일부러 이 이야기를 피해 왔지만, 역시 감사는 똑바로 전해야겠지."

호무라는 가슴에 찌릿한 아픔을 느꼈다.

교활하게 선량한 척하던 루트루드가 나쁜 것이지, 그 악함을 깨닫지 못한 구르도프에게는 죄가 없다. 그래도 구르도프는 제자의 마음을 알아주지 못했다고 자책하고, 그 악행에 책임을 느꼈다. 청렴한 성품이 도리어 그를 괴롭히고 있었다.

"그래도 이런 이야기는 다들 깨어 있을 때 하는 편이 나았겠군. 두세 명이 자고 있으니."

"뭐, 그건…… 그러네요."

뭐가 됐건 타이밍이 적절하지 않았다. 사이코도 병든 닭처럼 꾸벅거리는 터라 사실상 호무라밖에 듣지 못했다.

"자, 일어나게! 이야기 끝났어!"

구르도프는 손뼉을 쳐서 잠에 빠진 소녀들의 의식을 돌려놨다.

잠을 방해받아 몇 명은 짜증스러워 보였지만, 진만은 똑바로 눈을 떴다.

"나는 안 잤다."

그렇게 당당하게 말하지만…….

"그럼 무슨 이야기였는지 알겠지?"

"그건 일단 넘어가고—."

"내 이럴 줄 알았어."

당당한 표정은 그저 안 졸았다는 어필이었다.

"이 세계에 이것과 비슷한 도검이 있나? 언제까지 이걸 쓸 수 있을지 몰라서 말이지."

진은 허리춤에 찬 일본도에 손을 올렸다.

계급에 따라 제한은 있으나, 대원은 신청하면 무기가 지급된다. 그렇지만 일본도 같은 무기는 갈도르시아에서 본

적이 없어서 신청할 수가 없었다. 그래서 진은 일본도와 비슷한 도검이라도 찾으려고 했다.

"그거라면 마침 오렐리크에서 비슷한 무기를 봤지. 그 도시는 교역의 요충지라서 다양한 물건이 모인다네. 나도 신기해서 이야기를 들었는데, 오렐리크 근처에 그걸 만드는 마을이 있다던가. 마을 이름이…… 스…… 아니, 스쿠……? 기억이 잘 안 나는군……."

구르도프가 머리를 쥐어짜 보지만, 좀처럼 답이 나오지 않는 듯했다.

"아니, 그만하면 충분해. 고맙군."

"그런가? 미안하네."

확답까지는 얻지 못했다. 하지만 임무 지역에 단서가 있다는 반가운 소식을 듣고 진의 표정은 조금 밝아졌다.

"아, 이걸 깜빡할 뻔했군. 오렐리크는 정치적으로 특수한 위치에 있네. 갈도르시아에서 대원은 파견하지만, 갈도르시아 소속이 아니야. 남쪽에 있는 오렐리크보다 더 남쪽, 자원이 풍족한 셸스해 연합국에 속한 도시지. 도시 방어를 담당하는 대신 무역에서 우대해주는 관계라네. 조심하라고 한 이유도 이런 사정과 관련이 있어. 오렐리크와의 관계가 나빠지면 갈도르시아의 경제에 영향을 끼쳐."

"생각보다 귀찮은 곳이었네요……."

아름다운 해안 도시에서 느긋하게 바캉스를 즐길 수는

없을지언정 편안한 마음으로 한숨 돌릴 수 있겠다고 호무라는 내심 들떠 있었다. 그런데 웬걸, 듣다 보니 의외로 숨 막히는 곳이었다. 자연스레 어깨가 처졌다.

"그리 실망하지는 말게. 아름다운 곳은 맞으니까."

"네~."

의도하지는 않았으나, 맥 빠진 대답밖에 나오지 않았다.

"주의는 했어도 평범하게 지내면 괜찮다고…… 말하고 싶지만, 초대형 불안 요소가 하나 있군……."

"있고말고!"

이곳에 있는 모두가 한 인물^{사이코}을 떠올렸고, 본인마저 활기차게 대답할 정도였다.

"자네는 왜 그렇게 당당한가……. 자네의 활기찬 대답을 들을 때마다 위장이 쑤셔."

"내 치유 마술로 고쳐줄까?"

"됐네."

호무라도 사이코의 방종함에는 애를 먹었다. 보호자이기도 한 구르도프를 안심시키려고 호무라가 한 발 앞으로 나왔다.

"제가 잘 감시할 테니까 걱정하지 마세요."

가슴을 쫙 펴고 자신만만하게 말했다.

"자네도 남 말 할 처지는 아닌데?"

"엥? 예상하던 반응이랑 달라!"

충격받았다. 구르도프에게는 호무라도 위장의 적이었다.

"아무튼 마지막으로 하나만 더 말하지. 도시에서는 위순대 동행자가 있으니까 친하게 지내게."

"지내고말고!"

말이 끝나기 무섭게 사이코가 활기차게 대답했다.

1장 『아레스와 리안』

The Devil's Army, Decimated
By My Flame the World Bows Down

구르도프가 말한 「동행자」는 입대 시험에 난입하여 시험을 방해하고 만 네 사람— 기품 있는 갑옷에 검과 방패를 찬 아레스, 마술사 지팡이를 든 리안, 육중한 갑옷을 입은 온화한 인상의 거한, 큰 활을 짊어진 가느다란 눈의 소녀였다.

대원용 마차 격납고에서 그들과 맞닥뜨린 순간, 호무라 일행과 함께 간다고 깨달은 아레스가 「왜 하필 이런 녀석들과……」라며 불편한 감정을 드러낸 것은 굳이 설명할 필요도 없으리라.

그런 그에게, 사람을 도발하는 습성을 가진 사이코는 상쾌하게 웃으며 「처음 뵙겠습니다」라고 능청을 떨고 악수까지 요구했다. 호무라가 빛의 속도로 사이코의 머리를 숙이게 한 것은 굳이 설명할 필요도 없으리라.

"『방패』가 될 자가 도망쳐서는 안 되거늘……. 내 약한 의지도 한심하지만, 그 이상으로 많은 분을 실망시킨 나에게 화가 나. 그리고 뜬금없이 끼어든 너희에게도 분노가 치밀어."

마차에 올라타자마자 아레스는 자괴감과 원망 섞인 말을 흘렸다.

그는 남색 서코트를 걸친 전신 갑옷으로 무장했으나, 투구는 무릎 위에 올려 뒀다. 위엄 있는 얼굴에 늠름하게 깎은 짧은 금발, 강한 의지가 깃든 푸른 눈동자를 가진 청년이었다. 다만, 지금 그 눈에는 분노와 억울함이 서렸다.

"그러면 실적을 세워서 평가를 뒤집든가. 남이 기대해주지 않으면 『방패』가 못 돼?"

"그만해요, 사이코 씨! 갑자기 끼어든 건 사실이잖아요!"

"정말로 미안하게 됐어."

미안한 마음이라고는 눈곱만큼도 없으면서 사이코는 진지한 표정으로 사과했다.

전에 출전권을 뺏긴 했지만, 그들도 다음 시험에서 무사히 합격해 위순대에 들어간 모양이었다. 그리고 오렐리크에 배치받아, 임무로 그곳에 가는 호무라 일행과 동행하게 된 것이었다.

아무튼 그런 연유로 마차는 호무라 부대와 아레스 부대, 그리고 불편하기 짝이 없는 분위기를 싣고 오렐리크로 급행하고 있었다. 참고로 말보다 자기가 더 빠르다며 마차는 프로토가 끌었다. 빠른 여행의 대가로 서스펜션을 엿 바꿔 먹은 듯한 흔들림과 둔부에 가해지는 지속 대미지를 얻었다. 불공정 거래다.

"사과한다고 끝날 문제가 아니야. 아레스 님은 미래의 호국 성순장으로 촉망받는 분이셔. 당신들은 그런 분의 앞길을 방해한 거라고. 알아?"

아레스의 이마에 핏줄이 불거짐과 동시에 옆에 앉은 리안이 득달같이 따지고 들었다.

리안은 이목구비가 또렷하고 인상이 드센 마술사 소녀였다. 느슨하게 컬이 들어간 다크 브라운 머리에서는 기품도 느껴졌다. 그녀는 검은 로브를 입고 끝에 광석이 달린 지팡이를 안고 있었다.

"그, 그렇구나……. 아레스 씨는 대단한 사람이었네요."

그런 그녀의 분노를 가라앉힐 요량으로 호무라는 리안에게 맞장구쳤다.

"맞아, 대단하셔!"

그랬더니 리안이 별안간 눈빛을 빛내며 몸을 쭉 내밀었다.

"으앗, 상상 이상의 반응!"

"아레스 님은 그때 이후로 몰라볼 만큼 강해지셨어. 지금 아레스 님이라면 당신들을 눈 깜짝할 사이에 전부 베어 넘길 수 있어."

"리안, 아무리 그래도 그건 과장이지."

"맞아, 과장이야."

"그, 그러시구나……."

호무라는 리안의 기백과 손바닥 뒤집는 속도에 기겁했다.

"하지만 나는 다시는 도망치지 않아."

아레스는 굳은 결의가 담긴 눈으로 진을 돌아봤다. 입대 시험에서 살기에 겁먹은 굴욕을 떠올린 듯했다.

하지만 정작 진은…….

"……."

"죄송해요. 자요."

허리를 쭉 편 채 조용히 자고 있었다.

"너희는 정말로 사람을 화나게 하는군……!"

"죄송합니다! 죄송합니다!"

사이코한테는 도발당하고, 진에게 밝힌 결의 표명은 전해지지 않고……. 아레스의 갈 곳 잃은 감정은 뻣뻣한 표정으로 번져 나왔다. 호무라는 일단 화를 달래려고 머리를 숙였다.

"당신도 고생이 많네……."

리안이 불쌍하게 쳐다봤다.

호무라 일행과 아레스 일행은 마차 안의 양 측면에 설치된 긴 의자에 마주 앉아 있었다. 호무라는 맞은편 의자에 앉고 싶은 기분이 절실했다.

"당신, 주술원 생도야?"

아직 사이코와 아레스는 우거지상을 쓰며 서로 째려보는 중이었지만, 리안은 수다스러운 성격인지 편하게 말을 걸어왔다. 얼마간 침묵을 이어가기는 했으나, 숨 막히는 분위기에 싫증이 난 모양이었다.

"어라, 제가 주술원에 다닌다고 말했었나요?"

"모르나 본데, 너희 유명인이야. 엄청난 신인이 들어왔다고."

"그래요? 에헤헤, 몰랐네요⋯⋯."

호무라는 쑥스러웠다. 신인 대원이면서 위험한 마물—루트루드를 토벌하지 않았는가. 유명해질 만도 했다.

"물론 나쁜 의미로도. 그리고 사적인 원한도 있고."

"그렇죠. 그럴 줄 알았어요."

호무라의 표정이 사라졌다. 입대 시험에 난입, 신원 미상자와 동행, 제어 불가능한 화염으로 가다리 마을 피해 확대. 유명해질 만도 했다.

"아무튼 원래 이야기로 돌아가서, 주술원은 너무 가혹해서 스스로 목숨을 끊는 생도가 많다는 소문이 사실이야?"

"네⋯⋯? 그런 소문까지 있나 보네요."

사이코에게도 비슷한 말을 들었지만, 그 정도는 아니었다. 좌우지간 주술원에 대한 세간의 평가가 좋지 않은 것만은 확실했다.

"애초에 생도가 거의 없고 사람들은 엄청나게 친절해요. 뭘 하나만 배워도 깜짝 놀랄 만큼 칭찬해주기도 하고요."

"상상과 전혀 달라!"

주술원은 지하에 있어 습하고 어두웠다. 호무라 본인도 주술원에 처음 발을 들였을 때의 이미지와 실제 주술원의 괴리에 놀랐었다. 소문과 실상이 얼마나 동떨어졌는지는 호무라도 쉽게 상상할 수 있었다.

"그래도 저는 주술원에 들어간 지 얼마 되지 않았고, 임무 때문에 자주 다니지도 못해서 사실 잘 몰라요."

"하긴, 갈도르시아 출신이 아니면 그렇겠지. 마술사로서 대원이 되려면 어릴 적부터 다니게 되는데…… 아니, 그래도 상상과 너무 달라. 역시 소문은 믿을 게 못 돼. 마술원이 더 가혹한 거 아니야?"

"그래도 마술원 생도가 더 고상한 뜻을 품었다고 들었는데요? 주술원은 위험한 마술에 혁혁대는 위험인물이나 주물(呪物)에 관심이 있는 변태뿐이에요."

마술사를 목표로 하는 사람은 대부분 마술원에 다닌다. 마술원은 이 세계의「평범한 마술」을 가르친다. 마력을 충격파로 변환해 날리거나 신체 능력을 보조하는 등 단순하고 제어하기 쉬운 마술이다.

한편, 주술원에서는 제어가 힘들고 위험한 화염 마술이나 세상에서 기피하는 주술 따위를 취급한다. 그래서 주술원 관계자는「위험인물」로 낙인찍히기 쉽다. 물론, 위험인물이 많은 건 사실이다.

"그래도 재미있기는 하겠어. 마술원도 좋은 곳이지만,

조금 갑갑하거든."

그건 그렇다. 그래서 호무라도 즐기고 있었다.

"아무튼 다시 봤어. 생각보다 음습한 곳이 아니구나."

리안은 김이 샜는지 안심했는지 모를 표정을 지어 보였다.

"뭐, 고문이나 암살 업무를 거들어 보고 싶긴 하지만요."

"그건 상상한 그대로야!"

현장은 본 적 없지만, 주술원 사람이 「일하고 올게~」라 며 대수롭지 않게 죄인을 고문하러 가는 모습을 몇 차례 목격한 바 있었다.

"그리고 부원장님은 화염 마술을 활용해서 빵집을 열었 어요."

"뭐야! 주술원은 대체 뭐 하는 곳이야!"

리안이 놀라는 모습이 재미있어서 호무라의 얼굴에는 자 연스럽게 웃음이 떠올랐다. 그런 호무라를 보고 리안도 웃 었다.

쿵! 하면 짝! 하고 받아주는 즐거운 대화였다.

"아 참. 이것도 소문으로 들었는데, 호무라는 무영창으 로 마술을 쓸 수 있다던데 정말이야?"

"아으…… 그건……."

리안은 눈을 초롱초롱 빛내며 또 상반신을 쭉 내밀었다. 그만큼 관심이 크다는 뜻일까.

무영창 마술. 이 화제는 주술원에서도 지겹도록 거론됐

고, 호무라는 그때마다 자신과는 관계가 없다고 주장했다.

「무영창 마술」이란 말 그대로 주문을 외지 않고 사용하는 마술이다. 마술 사용은 정신 상태에 강하게 영향을 받으며, 기본적으로 발동과 효과를 안정시킬 목적으로 주문을 왼다. 주문을 외면 그 마술을 의식하기 쉽기 때문이다. 그래서 무영창으로 안정된 마술을 사용하는 것은 고도의 훈련이 필요하다고 전해진다.

그런 이유로 호무라가 주문 없이 불을 사용하면 주변 사람들이 놀라는 것이었다. 주술원에 있는 호무라의 스승도 이 발화 능력은 마법이 아니라고 했고, 호무라는 「그냥 그런 것」이라고 설명하는 수밖에 없었다.

"그건…… 자세히는 몰라도 제 불은 마술이 아니에요."

"마술이…… 아니야?"

"그것 말고는 설명할 방법이……. 마술과는 다른 방식으로 몸에서 불을 만드는 거예요."

리안은 이게 대체 무슨 소리냐는 표정이었다. 호무라 본인도 초능력이 대체 무엇인지 이해하지 못하므로 더는 설명할 수 없었다.

"흐음, 세상은 넓으니까 그런 것도 있을 수 있나? 어쨌거나 무영창은 부러워. 『초보적인 마술 정도는 무영창으로 쓸 수 있어야지』라고 언니도 말했으니까."

"언니도 대원인가요?"

"그냥 대원이 아니라 호국 성순장이야."

"네?! 그래요?!"

위순대에서 손에 꼽는 실력자만이 오를 수 있다는 계급. 그 동생이 눈앞에 있었다.

"우리 언니— 셀레나는 마장벽이 특기야. 갈도르시아 방위의 중추라고 해도 과언이 아닐 만큼. 나도 마장벽에는 자신감도 자부심도 있으니까 언젠가 언니처럼 나라를 지키고 싶어."

꿈을 이야기하는 리안을 보면 언니인 셀레나를 얼마나 존경하는지 전해졌다.

"아레스 님의 오라버니도 호국 성순장이셔."

자기 이야기가 들린 아레스는 우거지상으로 사이코를 노려본 채 대답했다.

"맞아. 멀리 파병을 나가서 못 뵌 지 꽤 됐지만. 형님도 셀레나 씨도 굉장히 훌륭한 대원이라서 우리는 안간힘으로 그 등을 좇고 있어."

"우리는 그런 여러분을 방해한 거네요……."

"흥……."

아레스는 콧방귀를 뀌었다.

내키는 대로 사는 자신들과는 달리 그 뜻이 숭고하고 주위의 기대도 컸다. 사이코의 흉계에 말려들었을 뿐이라고는 하나, 아레스 일행을 방해한 것은 사실이었다. 죄책감에 눌려 호무라의 어깨와 눈썹이 늘어졌다.

하지만 그때, 사이코가 당당하게 말했다. 그것은 호무라에게 가슴을 펴라고 격려하는 듯한 말이었다.

"우리 쪽에는 이미 호국 성순장에 가까운 실력자가 있다고. 결과론이지만, 우리가 먼저 입대한 덕분에 미소 변태 자식을 그 정도 피해로 제압한 거야."

아레스는 그 말을 듣고 신경 쓰이던 점을 떠올렸다.

"그래, 그 이야기를 들으니 기억나는군. 루트루드 님……아니, 존대할 필요 없지. 루트루드가 누군가의 힘을 빌려 마물로 변했다는 보고를 들었는데, 그 『누군가』가 『마왕』이라는 이름을 썼다는 게 사실이야?"

"응? 이거 말해도 되던가요? 혼란을 피하려고 나라의 상층부와 일부 대원에게만 전달됐을 텐데요."

"그 『나라의 상층부』에 있는 아버지께 들었지만, 당사자인 너희 입으로 확실하게 듣고 싶을 뿐이야."

"와우, 높으신 분의 아드님이셨군요……."

친하게 지내야지. 호무라는 들리지 않게 혼자 중얼거렸다.

"『마왕』이라는 말이 나오긴 했죠."

"역시……."

아레스는 팔짱을 끼고 암운이 드리운 미래를 우려했다.

"그 『마왕』 때문에 마물로 타락한 루트루드를 너희가 해치운 건가. 그 녀석은 금순 대원 중에서도 상위에 속하는 실력자였어. 쉽게 믿기 힘들지만, 너희 실력이 진짜라는 뜻이겠지. 운으로 이길 수 있는 상대가 아니야."

호무라는 의외의 평가에 놀랐다. 더 부정적으로 볼 줄 알았다.

"뭐야, 그 표정."

"죄, 죄송해요! 생각보다 솔직한 평가구나 싶어서……."

"당연한 소리. 개인적으로 나쁜 인상이 있다고는 해도 그 힘으로 백성을 지킨다면 실력과 공적은 인정해야지. 우리는 그 녀석에게 이길 가능성이 0퍼센트였을 테니까."

"진짜 죽다 살았어, 우리."

태도는 떨떠름하지만, 평가할 부분은 사사로운 감정 없이 정당하게 평가한다. 아레스는 위순대로서 직업윤리에 투철한 사내 같았다.

다만, 아레스에게 해야 할 말이 하나 있었다.

"이야기가 옆으로 샜는데, 우리가 여러분을 방해했다는 사실은 잊지 마세요. 원망할 권리는 있어요."

"앗, 야! 쓸데없는 소리 하지 마! 기껏 화제를 돌렸더니!"

"너는 정말로 상종 못 할 인간이야……."

아레스는 골치 아픈 인물과 엮이고 만 자신의 미래를 우려했다.

"죄송해요, 이따가 따끔하게 타이를게요……."

쓸데없이 티격태격하느라 쓸데없이 힘만 뺐다고 느낄 무

렵, 곧 중계 지점인 마을이 보일 거라고 아레스가 알려줬다.

항구 도시 오렐리크까지는 3일이 걸릴 예정이며 날이 저물기 전에 가장 가까운 마을에서 숙박하기로 했다.

기본적으로 밤에는 여행을 멈춘다. 야간에 마물이나 도적의 습격을 경계하기란 주간보다 훨씬 어렵다. 그래서 아침이나 낮에 출발하여 해가 저물기 전에 도착할 수 있는 거리에 다음 마을이 있는 경우가 많다.

"그나저나 저 남자……인지 여자인지 모르겠지만, 계속 마차를 끌게 해도 괜찮아?"

아레스는 자진해서 밀 대신 마차를 견인히는 프로토를 걱정했다.

"지치면 내가 끌 테니까 사양하지 말고 말해."

아레스의 동료인 거한 대원도 다정하게 말하지만, 프로토는 기계 생명체라서 이 정도로는 기능에 지장이 오지 않는다.

그렇지만 이 많은 인원을 태운 마차를 쉬지도 않고 끄는데다가 단 한 번도 얼굴을 드러내지 않았다. 잘못하면 인간이 아니라고 들킬지도 모른다. 이 세계에는 초인적인 체력의 소유자도 존재하겠지만, 괜한 의심은 사고 싶지 않았다.

호무라의 불안을 알아차렸는지는 몰라도 아레스 일행이 걱정하는 말을 들은 프로토가 마차를 세웠다.

여기서 견인 역할을 교대하면 일단 안심할 수 있다.

"괜찮아. 왜냐면 나는—."

이건 글렀다. 호무라는 확신했다.

"인간이 아니거든!"

천천히 투구를 벗은 프로토는 갑자기 머리를 180도 회전하고 눈의 라이트를 격하게 깜빡거렸다.

"뭐야! 마안인가?!"

아레스 일행 네 명은 프로토의 시선에서 도망치려는 것처럼 팔로 얼굴을 가렸다. 어디서 본 광경이었다.

"아하하! 이 반응이 최고라니까!"

"앞으로 그거 금지!"

프로토에게 소리쳤다.

주술원에서 배웠는데 이 세계에서는 모종의 이유로 안구가 변질되어 드물게 마법이 깃든다고 한다. 그것이 바로 마안이다. 마안은 제어가 어렵고 웃어넘길 수 없는 흉악한 효과를 가진 경우가 많다. 그런 사정으로 마안을 가진 자는 시각을 차단당하기도 하며, 최악의 경우 눈을 망가뜨리기도 한다고 들었다.

프로토는 이해하지 못했지만, 이런 장난은 이 세계 사람들의 심장에 해롭다.

"미안미안, 처음 보는 인간한테는 이걸 해야 직성이 풀리거든."

"다음에 또 하면 정말 화낼 거예요! 여러분, 저건 마안이 아니니까 걱정할 필요 없어요. 인간이 아니라는 것도, 그 뭐냐⋯⋯ 걱정할 필요 없어요!"

실제로 인간은 불가능한 동작과 빛나는 눈을 보여줘 버린 마당에 씨알도 안 먹힐 소리였다.

호무라가 의심의 불을 꺼 보려고 하지만, 거기에 사이코가 기름을 부었다.

"얘도 인간 아냐."

"자, 잠깐만!"

사이코는 츠츠미의 마스크를 벗겼다. 더는 수습이 되지 않는다.

"응⋯⋯? 벌써 마을, 도착했어⋯⋯?"

갑자기 머리가 흔들려 잠에서 깬 츠츠미는 게슴츠레한 눈으로 주위를 돌아봤다.

"귀, 귀여워⋯⋯."

여자 두 명은 복잡한 표정으로 츠츠미의 귀여움을 인정하는 한편, 거한은 쓴웃음밖에 짓지 못하고 아레스는 어이가 없는지 천장을 올려다봤다.

"얼마나 상식에서 벗어난 거야, 너희는⋯⋯."

화낼 기력조차 없는지 쥐어짠 듯이 아레스가 중얼거렸다.

정체 모를 5인조와 엮여 버려 아레스의 마음이 꺾일 것 같았지만, 호국 성순장이 되고 싶다면 이 정도는 힘내서 극복해야 할 것이다.

"그, 그래도 파르메아 씨랑 일레네한테 공식 인증 받았어요!"

"여신님을 친구처럼 부르는 것조차 이젠 그러려니 싫군. 아니, 너희가 특별 취급을 받는 건 알아. 이 대우에도 다 이유가 있겠지."

아무리 생각해도 상식을 벗어난 광경이 눈앞에 펼쳐졌지만, 나라 공인이라는 사실에 아레스의 감정은 갈 곳을 잃고 말았다.

아레스는 일단 심호흡으로 마음을 가다듬더니 날카로운 눈매로 호무라 일행을 노려봤다.

"하지만 루트루드를 무찔렀다고 해도 인간이 아닌 자를 완전히 믿을 수는 없어. 물론 그 동료인 너희도. 나라에 위협이 된다면 망설임 없이 칼을 뽑을 거야."

농담으로 들리지 않았다. 이 세계 사람이 갖는 마물에 대한 악감정이 그만큼 강하다는 뜻이다.

"맞아. 아레스 님 말대로 우리는 대원이야. 아무리 친분이 있어도 그보다 우선할 것이 있어."

아레스의 의지에 동조하듯 리안도 눈길을 보냈다.

"하지만 그렇게 되지 않을 거라고, 나는 믿어."

리안은 이를 보이며 웃었다. 이상한 녀석들이라고는 생각해도 일단 믿어주기로 한 모양이었다.

"최, 최선은 다할게요……."

하지만 「그렇게 되지 않는다」라는 확신이 눈곱만큼도 없는 호무라는 애매하게 웃으며 대답할 수밖에 없었다.

걱정하지 말라고 자신만만하게 큰소리치는 사이코는 나중에 패야겠다고 마음먹으며.

2장 『숲속의 곰 아저씨』

The Devil's Army, Decimated
By My Flame the World Bows Down

오렐리크로 가는 여행도 사흘째. 일출과 함께 중계 지점인 마을을 출발해 낮에는 오렐리크에 도착할 예정이었다. 아레스 일행과의 여행도 첫날은 험악한 분위기로 시작했으나, 지금은 눈알을 부라릴 일도 없어졌다.

그 대신 아홉 명은 다른 문제에 시달리고 있었다.

―바로 「지루함」이었다.

이틀째까지 어색하게나마 대화가 이어져 지루함을 달랠 수 있었다. 하지만 사흘째에 돌입하자 그마저도 뚝 끊겼다. 떠드는 것 말고 할 일이 없는 상황은 떠들 기력마저 빼앗아 갔다.

천막을 젖혀 밖을 내다봐도 보이는 경치라곤 다 비슷비슷한 숲과 풀밭뿐. 잡담으로 꺼낼 말조차 씨가 말랐다. 마차에서 나는 소리만이 하염없이 머릿속을 굴러다녔다.

너무 따분한 나머지 뭐라도 자극이 있으면 좋겠지만, 이미 사이코의 해코지에 반응할 기력도 남지 않았다. 사정이 이러하니 사이코도 마차 천장만 무심하게 쳐다볼 따름이었다.

지루함은 침묵을 부르고, 침묵은 지루함에 박차를 가한다.

자극이 필요하다. 아홉 명의 마음이 하나가 되었다.

교역의 요충지인 오렐리크로 이어진 가도라서 경비에 힘을 쏟았는지, 지금까지 마수나 도적과 만나지 않았다. 기뻐해야 할 일이지만, 호무라 일행은 물론이고 공적에 욕심을 내는 아레스 일행에게도 갑갑한 상황이었다.

이러다가 천장에서 흔들리는 천막의 얼룩까지 전부 외우겠다고 생각할 무렵, 아레스가 진이 빠진 말투로 입을 열었다.

"산을 하나만 더 넘으면 오렐리크가 보일 거야……."

"드디어 도착이네요……."

기뻐해야 할 보고에도 기뻐할 기력이 없었다. 실제로 아름다운 항구 도시를 보면 기분도 고양되겠지만, 뇌가 그 광경을 그려내지 못했다. 이런 때에 한해서는 언제 어디서든 오락을 즐길 수 있던 현대 기술이 그리웠다.

"게임하고 싶다……."

호무라가 중얼거렸다.

그렇게 텅텅 빈 마음에 「철컥」이라는 희미한 소리가 신기하도록 깊이 울렸다.

"싸우는 소리다."

지금까지 조용히 자던 진이 칼에 손을 대고 있었다. 진도 역시 자극에 굶주렸는지, 호무라에게는 왠지 진의 입꼬리가 올라간 것처럼 보였다.

활기를 되찾은 것은 진만이 아니었다. 어느샌가 전원 마차에서 뛰쳐나가고 있었다. 과격하고 야만적인 자극을 느낄 수 있다는 기대감이 둔해졌던 뇌에 가차 없이 불을 붙였다.

달렸다. 인간적으로 이러면 안 되는 줄은 알지만, 발걸음은 무심결에 가벼워졌다.

결과적으로 사람을 도울 수 있다면 지금만은 자신의 부덕을 못 본 체하자. 아레스 일행이 그렇게 갸륵하게 생각하는 한편, 호무라 일행은 욕망이 이끄는 대로 무기를 꼬나 잡고 있었다.

마음은 달라도 다리를 움직이는 원동력은 같았다. 아홉 명은 나무로 둘러싸여 시야 확보가 어려운 가도를 무작정 달렸다.

……그런데 선두를 달리던 진의 발이 멈췄다.

"아무래도 끝난 모양이군……."

진이 조용히 말했다. 뒤따르던 이들도 지금 막 쓰러진 대형 마수와 상처를 입었는데도 만족스레 승리를 축하하는 네 명의 대원을 보고 걸음을 멈췄다.

낙담. 하지만 대원들이 무사해서 안심한 것도 사실이었다. 아무리 그래도 희생자를 내면서까지 자극에 빠지고 싶은 자는 없었다.

일동이 복잡한 심경으로 우두커니 바라보는 가운데, 가장 먼저 걸음을 옮긴 것은 아레스였다.

"괜찮습니까!"

아레스는 부상당한 대원에게 달려가서 안위를 물었다.

"그래, 괜찮아. 너희한테도 우리의 멋진 싸움을 보여주고 싶었어."

대원 앞에는 상당히 큰 곰이 엎어져 있었다.

"이건 『발톱 곰』인가요?"

아레스는 그렇게 불렀다. 덩치도 덩치지만, 그 이름대로 완만하게 굽은 거대한 발톱이 수없이 돋은 기괴한 손이 특징인 무시무시한 마수였다. 주변의 쓰러진 나무들이 그 괴력을 짐작게 했다.

"맞아. 이 부근에서는 처음 봤지만, 우리 적수는 아니었어. 하핫, 이 실력이라면 은순 휘장을 다는 것도 시간문제군."

부대의 리더로 보이는 대원은 그렇게 말하며 웃었다. 다치고 더러워지고 지칠 대로 지쳤지만, 그 얼굴은 자랑스러워 보였다.

지금 발언으로 그들이 동순 대원이라는 사실을 알았다. 장비도 특별할 게 없는 단순한 갑옷과 검이었다.

그에 비해 아레스는 수습인 시점에 이미 멋진 장식이 들어간 장비로 무장했다. 같은 계급인데도 극명하게 다른 대우. 아레스가 특별한 지위에 있다는 증거였다.

"임무도 끝났으니까 복귀할까. 너희도 오렐리크로 가지? 같이 가자. 우리 무용담을 들려줄 테니까."

"꼭 듣고 싶습니다, 선배님!"

선배 대원의 활약에 아레스 일행은 눈망울을 반짝였다. 반면, 이곳에서 벌어진 싸움보다 가열한 경험을 한 호무라 일행으로서는 반응하기 난감했다.

대원들은 무기를 거두고 돌아갈 채비를 했다. 그런데 흥분으로 잊고 있던 통증이 살아난 모양이었다. 상처를 붙잡거나 인상을 찌푸리는 사람도 있었다.

"아야야…… 미안한데 치유 마술을 쓰는 사람 없어?"

자세히 보니 리더의 왼팔은 축 늘어진 채 움직이지 않았다. 뼈가 부러졌는지도 모른다.

"아쉽지만 없어. 하지만 돈이 있으면 어디서 튀어나올지도 모르지."

사이코가 대원들의 부상을 보면서도 허튼소리를 하는 터라 호무라는 일단 지팡이로 쿡 찔렀다.

"이 상황에 농담이 나와요? 이상한 소리 하지 말고 빨리 치료해주세요."

"나 참, 분위기를 띄우려는 나 나름의 배려잖아."

"후욱! 후욱!"

"저거 봐요, 이상한 소리를 하니까 발톱 곰도 화내잖아요.

……응?"

거친 콧소리가 들리는 쪽을 돌아보자 쓰러진 발톱 곰보다 한층 큰 곰이 길가의 숲에서 몸을 내밀고 있었다.

"방금 잡은 거보다 큰 게 나왔다아아아아아아아아아아—!"

"그워어어어어어어어어어—!"

포효가 귀를 찔렀다. 노골적인 적의에 호무라는 다리의 힘이 풀려 그 자리에 풀썩 주저앉았다.

크기만 큰 것이 아니었다. 살아 있는 발톱 곰은 상상 이상으로 곰과는 동떨어진 모습이었다.

앞발은 이상하리만큼 길고 통나무처럼 굵었다. 가뜩이나 공포를 느낄 정도의 거구인데 긴 앞발 때문에 마치 상체를 일으킨 듯한, 평범한 곰은 따라 할 수 없는 이질적인 모습이 되어 불쾌감을 더했다.

눈은 탁하고 퀭하여 어디를 보는지 모르겠지만, 자신들을 사냥감으로 인식한다는 것은 분명하게 느껴졌다. 크게 찢어진 입에는 발톱에 밀리지 않을 만큼 기괴한 이빨이 들어차 사냥감을 찢어발길 순간을 조용히 기다리고 있었다.

"자, 잡아먹혀……."

크게 벌어진 입으로 흘러내리는 침을 보고 호무라는 겁에 질린 목소리밖에 낼 수 없었다.

자신이 『식량』으로 보인다는 사실에 소름이 끼쳤다. 악의 있는 인간과 마주했을 때와는 전혀 다른 종류의 공포였다.

"더 크군. 이 녀석의 부모인가?"

저마다 전투태세에 들어가는 가운데, 아레스는 투구를 쓰면서 망설임 없이 발톱 곰의 정면으로 걸어갔다.

"우리도 네 명이 겨우 해치웠어! 심지어 방금 그 녀석보다 훨씬 커!"

동순 대원인 남자는 사이코에게 치료받으면서 아레스를 말렸다.

"맞아요, 아레스 씨! 혼자서는 무모해요!"

호무라는 지팡이를 꽉 쥐고 일어서려고 하지만, 다리가 말을 듣지 않았다.

만류하는 목소리에도 불구하고 아레스는 돌아보지도 않은 채 큰소리쳤다.

"나 혼자로 충분해."

"그래도……."

불안을 느끼는 호무라에게 리안이 손을 내밀었다.

"걱정하지 마, 호무라. 저 정도라면 아레스 님 혼자서도 충분해."

리안은 호무라를 일으켜 세우면서 자랑스럽게 말했다. 잘 보니 아레스 부대원은 무기를 들고는 있으나, 싸우려고 벼르는 자는 없었다. 그만큼 아레스의 실력을 믿는다는 것이었다.

그래도 호무라는 지팡이를 쥔 손에 힘을 줬지만, 진은

실력을 구경할 셈인지 칼을 거뒀다.

"죽으면 시체는 의미 있게 써줄 테니까 안심하고 죽어도 돼."

"뭘 할 생각인지는 모르겠지만, 그렇게는 안 돼!"

아레스는 바보에게 대꾸하면서도 자세를 바로 하고 검을 얼굴 앞으로 들었다. 일종의 경례 같은, 전투태세라고 생각하기 어려운 자세. 하지만 그것이 바로 아레스의 전투태세였다.

"《푸른 번개여—."

아레스의 입에서 나온 그 말은 틀림없는 주문이었다.

"이 몸에 깃들어 전장의 함성을 내지르라!》"

그 순간, 아레스가 입은 갑옷, 손에 든 검과 방패에 창뢰(蒼雷)가 뇌성을 울리며 퍼졌다. 수천, 수만 마리 새의 지저귐을 한데 묶은 듯 귀에 거슬리는 소리가 공기를 찢었다.

"크워어어어어어어어어어어어어엉—!"

대치한 인간이 심상치 않다고 확인한 발톱 곰이 포효로 위협했다.

하지만 아레스는 동하지 않았다.

발톱 곰은 본능적으로 상대의 역량을 짐작했는지, 전조도 없이 전력으로 달려왔다.

거구와 기이한 체격으로는 생각하기 힘든 속도로, 순식간에 아레스와의 거리가 좁아졌다. 거구를 흔들고 땅을 울리며, 철과 번개를 두른 적을 압도적인 힘으로 찍어 누르고자 질주했다.

다가오는 거대한 곰 앞에서 아레스는 몸을 조금 비틀어 방패를 들었다.

한 사람과 한 마리의 사이의 거리가 사라지는 데는 불과 몇 초도 걸리지 않았다. 사냥감이 공격권에 들어오자 발톱 곰이 거대한 팔을 치켜들었고, 그 기세 그대로 내리쳤다.

그러나 바람을 찢는 소리까지 들리는 속도로 아레스를 짓이기려던 발톱은 그 몸에 닿지 못했다.

무시무시한 발톱이 자신을 찢으려던 순간에 맞춰 아레스가 방패를 튕겨내듯 휘두른 것이었다. 그 속도는 가히 「신속(神速)」이라고 부를 만했다.

눈에 보이지도 않는 속도로 휘두른 방패는 푸른 꼬리를 그리며 발톱 곰의 팔을 너무나도 가볍게 튕겨냈고 부서진 발톱을 주변에 흩뿌렸다.

하지만 발톱 곰은 순간적으로 반격에 나섰다.

튕겨 나간 오른팔의 반동을 실어 왼팔을 크게 휘두른다. 그 크고 흉악한 발톱이 길가에 자란 나무에 스치자 그것만으로 나무가 박살 났다.

저 발톱에 정통으로 맞으면 즉사는 피할 수 없다. 그래도 아레스는 두려워하지 않았다.

아레스는 눈에 보이지 않는 속도로 검을 휘둘러 그 팔을 절단했다.

발톱 곰이 고통과 분노로 울부짖다시피 신음했다. 공격이 통하지 않는 짜증으로 미친 듯이 팔을 휘두르자 나무들이 마치 가느다란 나뭇가지처럼 부러졌다.

"끝낼까."

그렇게 중얼거린 아레스는 통나무 같은 팔을 피하며 순식간에 안쪽으로 파고들었다.

그때는 이미 아레스의 롱 소드가 발톱 곰의 두꺼운 살가죽을 찢고 있었다.

《내달려라!》

주문과 동시에 아레스가 두른 창뢰가 발톱 곰의 전신으로 퍼졌다.

강렬한 전격은 거대한 마수를 마치 망가진 장난감처럼 한 번 크게 경련시키더니 눈 깜짝할 사이에 목숨을 앗아갔다.

근육이 경직됐던 발톱 곰은 뒤늦게 깨달은 것처럼 갑자기 휘청거리며 쓰러졌다. 땅이 울리고 흙먼지가 날렸다. 더 이상 움직이지 않는 발톱 곰에게서는 연기와 악취가 피어올랐다.

대원 네 명이 간신히 해치운 것보다 크고 강한 발톱 곰을 아레스는 단 혼자서 무찌른 것이다.

"괴, 굉장해……."

입을 뗀 사람은 호무라뿐이었다. 아레스의 실력을 처음

본 사람은 모두 놀라서 말을 꺼내지 못했다.

"그치! 굉장하다니까! 아레스 님은!"

호무라가 칭찬하기 무섭게 리안이 유난스럽게 흥분하며 떠들었다.

"『촉망받는다』는 의미를 알겠어? 진심으로 싸우면 더 대단하셔!"

"지금 이것도 약과란 말이네요."

검만 닿으면 상대를 감전사시키는 마술. 그것만으로 충분히 경이로운 실력자인데 진심으로 싸우면 더 강하다고 한다.

"리안, 이것도 제법 진심이야."

"맞아, 제법 진심이야. 아레스 님은 저런 상대에게도 최선을 다하셔."

"무조건 긍정이네요……."

어디까지 진지하게 받아들여야 할지 모르겠다.

제법 진심이었다는 말대로 아레스는 어깨를 들썩이고 있었다. 신체에도 큰 부담을 주는 마술인가 보다.

그래도 대원들은 멍하니 중얼거렸다.

"이런 후배가 있으면 은순 휘장은 어림도 없겠어……."

"현실은 녹록하지 않네요……."

압도적인 실력을 선보이자 누구나 아레스의 실력을 인정했다.

하지만 승리의 여운에 잠긴 그때, 사이코가 도전적인 목소리로 끼어들었다.

"그럼 다음은 우리 차례네."

"우리 차례?"

무슨 소리일까. 호무라는 사이코를 돌아보지만, 여유작작한 미소를 지을 뿐 특별한 움직임은 없었다.

기어코 허언증이 이 지경에 이르렀나. 호무라가 불쌍하게 쳐다보는데, 머리 위로 뭔가 거대한 것이 지나갔다.

한순간 머리 위로 큰 그림자를 드리운 그것은 아레스가 해치운 발톱 곰 옆에 내동댕이친 것처럼 착지했다.

지진을 방불케 하는 소리와 진동의 중심, 그곳에 있는 것은 무엇인가. 굳이 생각하지 않아도 알 수 있었지만, 호무라는 이 상황을 이해하기 어려웠다.

"발톱 곰……이에요?"

보고도 의심할 정도로 눈앞의 광경이 믿어지지 않았다. 아레스가 퇴치한 개체보다 더 큰 개체. 머리가 뭉개졌고, 심지어 그것이 허공을 날아 떨어진 것이다.

그런 파워를 발휘할 수 있는 자는 이 부대에 한 명— 아니, 한 기밖에 없었다.

"예~이! 대충 싸웠는데 이겨 버렸네~!"

빨갛게 물든 전투 망치를 든 프로토가 의기양양하게 시체 옆에 섰다. 프로토는 자기가 이겼다는 양 아레스 앞에서 포즈를 잡고 깔깔 웃어 보였다.

"실력은 인정하지만, 너희는 정말로 화를 돋우는군……."

아레스는 어이없어했다.

또 감정의 골이 깊어지겠다고 직감했지만, 이제는 자연스러운 흐름에 맡길 수밖에 없었다. 관계를 회복하려고 용써 봤자 어차피 바보들이 훼방한다.

"은순 휘장, 어림 반 푼어치도 없겠어……."

"현실은 비통하네요……."

대원들은 멍하게 중얼거렸다.

싸우던 대원들을 마차에 태우고 호무라 일행은 걸어서 오렐리크로 향했다.

아레스는 산을 하나만 더 넘으면 된다고 했는데, 산 정상은 의외로 가까워서 다리가 지치기 전에 오렐리크에 도착할 것 같았다. 정상에 가까워질수록 나무가 적어지고 시야가 넓어졌다.

선두를 걷던 아레스가 정상에 도착해 걸음을 멈췄다.

"보인다. 저게 오렐리크야."

호무라는 도시 풍경을 눈에 담고자 잔달음질로 올라갔다.

"와아……."

산 아래로 펼쳐진 절경에 무심코 탄성이 흘렀다.

시야를 가득 메운 하얀 도시. 청결하고 상쾌한 느낌을

주는 흰 벽에 푸른 지붕을 인 건물은 하나의 예술품만 같고, 드문드문 솟은 크고 작은 풍차는 갈도르시아와 다른 이국적인 정서를 자아냈다. 도시 너머로 보이는 바다와 하늘의 푸르름은 그 아름다움을 돋보이게 했다.

완만한 산자락에 자리한 도시를 넘어 바닷바람이 산을 타고 올라왔다. 바다 내음이 호무라 일행의 머리를 훑고 스쳐 갔다.

항구 도시 오렐리크는 갈도르시아만큼은 아니지만 견고한 성벽으로 둘러싸였다.

이 도시는 두 산줄기 사이에 낀 지형에 위치하고, 성벽은 산모퉁이의 끝과 끝을 가교처럼 잇고 있었다. 그리고 산등성에도 성벽을 세워놨으나, 이쪽은 그다지 높지 않다. 보초를 서기 위한 복도가 있을 뿐이었다. 하늘에서 보면 산줄기와 성벽이 알파벳 A 형태를 그리고 있었다.

"예쁘네요."

"그러게……."

아름다움에 눈길을 빼앗긴 호무라가 거의 혼잣말처럼 흘린 말에 사이코가 맞장구쳤다.

사이코에게는 그런 감수성이 없다고 믿어 의심치 않던 호무라는 예상하지 못한 긍정에 당황했다.

"저기, 리안 씨. 인간인 척 둔갑하는 마물도 있나요?"

"음, 들어 본 적 없어……. 있을지도 모르지만."

무심결에 그런 마물이 없는지 확인하고 말았지만, 아무래도 잘못 짚은 모양이었다. 그렇다면 눈앞에 있는 사이코의 탈을 쓴 이것은 뭘까.

"나를 뭐라고 생각하는 거야! 경치를 보고 아름답다고 느끼는 감수성 정도는 있다고, 멍청아!"

눈을 치켜뜨고 성질을 부렸다. 이렇게 쉽게 발끈하는 것을 보면 사이코가 맞다. 안심했다.

"장난치지 말고 어서 지부로 가자."

기가 찬 목소리였다. 아레스는 대답을 기다리지 않고 걸어갔고 다들 그 뒤를 따랐다.

성문에는 다른 경로로 온 대상(隊商)들이 대규모로 오갔고, 그것만 봐도 이 도시에 얼마나 활기가 넘칠지 알 수 있었다.

아름다움과 활기가 양립한다고 감탄하는데 생각하지 못한 것이 눈에 띄었다.

"저건……."

"이쪽에도 출몰하나 보군."

도시 바로 옆에도 발톱 곰이 나오는지, 성문 옆에 시체가 방치되어 있었다. 그 시체는 프로토가 처치한 것과 비슷한 크기였고, 놀랍게도 머리부터 반쪽으로 갈라져 있었다.

대단한 실력자가 단칼로 베어 버린 마수를 지나쳐 일행은 정문을 통과했다.

오렐리크의 거리는 아름답기만 한 것이 아니었다.

남해에서 풍부한 먹거리가 유입되며 식문화가 발달했는지, 작은 광장에는 다양한 노점이 보였다. 고기에 생선에 과일까지, 노점 근처를 지날 때마다 식욕을 자극하는 냄새가 코를 간지럽혔다. 호무라 일행은 나중에 노점을 돌아보자고 합의했다.

두 번째 광장을 지나자 거리의 주택들만큼이나 아름다운 주둔소가 나왔다. 울타리를 둘러친 주둔소에는 마당이 있고, 대기 중인 위순대 대원이 가볍게 몸을 움직이고 있었다. 준비 운동을 하는 사람이 있는가 하면 대련을 하는 사람도 보였다.

그리고 발톱 곰과 싸운 대원의 장비인지, 검은 갑옷과 두꺼운 대검을 여러 대원이 분담해 씻고 있었고 희미한 피 냄새가 났다.

그 광경을 바라보는데 일행을 알아본 남자가 손을 흔들었다.

수염을 지저분하게 기른, 능청스러운 인상을 주는 남자였다. 나이는 마흔 전후일까. 후줄근한 셔츠의 가슴 부분에는 금순 휘장이 빛나고 있었다.

"토레크 씨, 고대하시던 지원 병력이에요."

함께 온 대원이 마주 손을 흔들었다.

토레크. 구르도프가 언급했던 오렐리크 지부장이었다.

믿음직한 사람이라고 들었지만, 지금 시점에서는 믿음직한 인상은 없었다. 체격이 호리호리한 편은 아니지만······.

"오오, 역시 너희가 파견된 도우미였군."

다른 대원도 하던 일을 멈추고 미소와 함께 반겨줬다.

"토레크 님이십니까? 저희는—."

"됐어, 그런 딱딱한 인사는 하지 마. 편하게 가자고. 아저씨는 그런 거 거북해."

"그, 그렇습니까······."

아레스는 상하관계를 중시하는 성격인지, 토레크의 설렁설렁한 태도가 되레 불편한 기색이었다.

"아무튼 안에 들어가서 얘기하자. 아, 과자라도 내올까?"

"아뇨, 마음만으로도 충분합니다."

그래도 아레스는 딱딱한 태도를 풀려고 하지 않았다.

일동은 가볍게 자기소개를 나누며 오렐리크 지부의 집무실로 안내받았다.

집무실에는 사무용 책상과 책장 외에도 로우 테이블과 소파가 놓여 있었다. 아홉 명이 전부 앉기에는 좁아서 호무라 일행 다섯 명만 소파에 앉았다. 게다가 친구 집이라도 온 것처럼 과자를 주섬주섬 주워 먹었다. 당연히 아레스는 매섭게 눈총을 쐈다.

"바로 본론으로 들어가자면, 오랫동안 평화로웠던 바다에도 마물이 나오기 시작했어. 세상 참 흉흉하지? 그래서 만약을 위해 인원을 충원한 거야. 임무에 관한 자세한 이야기는…… 잠시 나중으로 미룰까. 그 전에 해줬으면 하는 일이 있어."

토레크는 실없이 웃고 있었다. 영 위엄이 없었다.

"아니…… 그게 무슨 말씀입니까? 임무보다 우선해야 할 일이 있다고요?"

정의감 강한 아레스는 토레크의 말에 의구심을 드러냈다.

"워워, 그렇게 예민하게 굴지 마. 지금부터 할 얘기는 임무 수행과 연관된 중요한 일이니까."

"죄송합니다……."

아레스는 무의식적으로 말에 가시가 있었다고 깨닫고 사과했다.

"도시와 사람을 지키려면 뭐가 필요하다고 생각해?"

"실력, 인가요?"

"그것도 필요하지만, 더 중요한 게 있어. 바로……."

"바로……?"

토레크는 뜸을 들이고 답했다.

"애착이야."

"애착?"

한껏 뜸을 들이고 나온 답에 아레스는 당혹스러워했다. 호무라 일행도 쿠키를 오독오독 씹어먹으며 그 의미를 생각했다.

"이 도시와 이곳의 사람들을 지키고 싶다. 그렇게 생각하는 마음이 너희에게 『힘』을 줄 거야. 그러니까 우선 이 도시를 즐기고 와. 임무는 그 뒤에 설명할게."

옳은 말씀, 그건 중요하다. 그렇게 생각하면서 호무라 일행은 눈빛 교환만으로 노점을 돌자는 의사를 전달했다. 그리고 곧바로 노점 순례밖에 생각하지 않게 됐다. 그리고 쿠키가 맛있다.

"그런 의도였군요. 명 받들겠습니다!"

아레스는 가슴에 주먹을 대고 딱딱하게 대답했다.

"아니, 그러니까 더 힘을 빼도 된다니까 그러네."

가진 자의 고결한 시각에 감탄해 눈빛을 빛내는 아레스에게 토레크는 쓴웃음을 지었다.

"아, 그렇지. 중앙 광장에는 너무 다가가지 마라?"

여전히 느긋한 표정, 하지만 느긋하지 못한 말투에 분위기가 살짝 긴장됐다. 토레크는 한순간 아차 하는 표정을 짓더니 본래의 실없는 목소리로 돌아왔다.

"그냥, 위험한 일이 벌어질 때가 있거든."

"위험한 일……?"

"아저씨 입으로 말하기는 좀 그래. 우선 이곳을 좋아하게 되면 차차 알려줄게."

고달픈 기색이 역력한 얼굴로 그렇게 말하면 더 이상 추궁하기 어려웠다.

또 귀찮은 일에 말려들겠다는 예감에 호무라는 기분이 우울해졌다. 그 경계심이 하나의 의문이 되어 머리에 떠올랐다.

"저기, 위험하다고 하니까 생각났는데 토레크 씨는 위험한 이명 같은 거…… 없죠?"

질문의 진의를 파악하지 못해 토레크는 한순간 어리둥절한 표정을 지었다.

구르도프의 평가를 믿지 못하는 것은 아니지만, 확인하지 않으면 불안해서 견딜 수 없었다.

"아아, 혹시 너희야? 루트루드와 싸웠다는 신인 섬검대가. 괜찮아, 괜찮아. 아저씨는 위험한 이명은커녕 이명 자체가 없으니까. 전투 방식이 너무 평범해서 말이야. 아, 뒤에서 『겁쟁이』라거나 『딸랑이』라고 불리기는 해."

"그건 그거대로 문제잖아요!"

정말로 믿을 수 있는 사람일까. 다른 의미로 불안해졌다.

"아무튼 다른 이야기는 됐고, 산책이나 다녀와! 아저씨는 지금부터 영주님이랑 술 한잔할 예정이니까!"

"진짜 『딸랑이』잖아요!"

뒤에서 호무라가 따지지만, 토레크는 헤실헤실 웃으며 즐거운 발걸음으로 방을 나갔다.

"괜찮을까요, 저 사람……."

하지만 혀를 내두르는 호무라보다 가슴에 맺힌 감정에

괴로워하는 사내가 있었다.

"나의 이 갈 곳 없는 감정은 어떡하면 좋지?"

어딘가 먼 곳을 바라보던 아레스가 멍하게 중얼거렸다.

"쓰레기통에 소중히 박아 두든가."

무성의하게 대답하는 사이코를 따라서 호무라 일행도 방을 뒤로했다.

3장 『제재와 군중』

The Devil's Army, Decimated
By My Flame the World Bows Down

　호무라 일행은 주둔소 바로 옆에 있는 숙소에 장비를 두고 곧바로 노점 순례에 나섰다. 아레스 일행은 성실하게 도시를 시찰할 생각인지, 무역선 습격 사건에 관한 소문을 들으러 항구로 간다고 했다.

　노점은 주로 광장에 모여 있었다. 광장은 도시 곳곳에 조성되어 있는데, 이곳은 푸드 코트 같은 공간도 있어 휴게소와 음식점을 합쳐 놓은 구조였다. 식욕을 자극하는 냄새가 주변을 떠돌았다.

　"츠츠미, 뭐 먹고 싶어?"

　"고기!"

　마스크 너머로도 기뻐하는 얼굴이 보였다.

　"오우, 고기만 있으면 정말로 쌩쌩해지는구나……."

　츠츠미는 육식 동물인가 싶을 정도로 고기를 잘 먹는다. 임무가 끝나면 거의 빠짐없이 고기를 먹을 정도였다. 높은 재생 능력을 유지하기 위해 단백질이 많이 필요하다고 들었지만, 그보다도 단순히 고기를 좋아하는 느낌이었다.

사람들 앞에서 마스크를 벗을 수는 없으므로, 츠츠미는 종이로 싼 대량의 꼬치구이를 소중히 끌어안고 있었다. 먹을 것 앞에서 잔뜩 기대에 부푼 모습이 마치 식사 허락을 기다리는 강아지 같았다. 귀엽다.

"나는 뭐 먹지."

무역이 활발한 항구 도시라서 갖가지 먹거리가 줄지어 있었다.

"그럼, 이거 주세요."

얇은 피자 도우 같은 빵에 생선튀김이나 채소를 만 요리를 가리켰다.

"알겠수다! 오, 아가씨, 섬검대야? 일 열심히 해!"

"앗, 네…… 하하……."

노점 주인은 활기차게 대답하며 요리를 종이로 싸서 건넸다. 난폭한 사람이 많아 민중의 인식이 좋지 않은 섬검대의 일원으로서 호무라는 이런 응원이 낯설었다. 반사적으로 애매모호한 대답과 어색한 웃음이 나오고 말았다.

참고로 휘장을 보이고 수표에 사인하면 어지간한 물건값은 군부가 대신 내준다. 그래서 대원은 가벼운 마음으로 물건을 사고, 상인도 씀씀이 좋은 대원을 큰손으로 모시는 경우가 많다. 섬검대라도 웃으며 반겨주는 데는 이러한 이유가 있었다.

"아가씨한테도 사건이 터지기 전의 활기를 보여주고 싶

었어. 뭐, 그래도 지금은 지금대로 즐거운 오락이…… 앗, 아냐, 대원한테 할 이야기는 아니지! 못 들은 거로 해줘, 하하!"

"오락……?"

무슨 뜻인지 묻고 싶었지만, 주인이 다음 손님을 받기 시작해서 의문은 가슴속에 묻어 뒀다.

그나저나……. 호무라는 주인을 힐끔 훑어봤다. 도시를 돌아보면서 깨달았는데, 오렐리크에서는 갈도르시아와 달리 거뭇거뭇한 피부를 가진 사람이 많이 보였다.

도시 남쪽에 펼쳐진 아름다운 쪽빛 바다, 「셸스해」에 떠 있는 섬들은 「셸스해 연합국」이라고 불리는 군도 국가를 형성하고 있었다. 도시 안에서 많이 보이는 갈색 피부는 대부분 그곳 출신이라고 한다.

"살 건 샀으니까 잠깐 어디서 쉴까."

주변에 사람이 없고 차분하게 식사할 수 있는 곳이 좋다. 숙소도 괜찮지만, 기왕 경치 좋은 항구 도시에 온 김에 바다를 보며 식사하고 싶었다.

"그럼 해변으로 갈까. 사건 때문에 일반인은 접근 금지라더라."

사이코가 유력한 정보를 제공했다. 바로 그곳으로 향했다.

도시 남쪽은 바다에 인접했고 해안 서쪽에는 항구, 동쪽에는 모래사장이 있었다. 도시 서부는 항구를 중심으로 한 시끌벅적한 구역, 동쪽은 모래사장과 주택가, 공원이 있는 한적한 구역이었다.

걸음을 옮길수록 도시는 조용해졌다. 북적한 소음보다 파도 소리가 귀에 들어오게 되고 얼마 후, 늘어섰던 하얀 벽이 끊기며 단숨에 시야가 트였다.

눈앞에 펼쳐진 것은 광대한 모래사장이었다.

모래를 밟는 이 하나 없는, 마치 모래색 물감으로 빼곡하게 칠한 듯 깨끗한 모래밭. 밀려오는 투명한 파도는 흰 물거품을 날리며 바닷소리를 연주했다.

"예쁘다⋯⋯."

어찌나 예쁜지 창피할 정도로 멋대가리 없는 감상이 떠오르고 말았다. 마치 대충 만든 CG 같다, 라고. 너무 깨끗한 광경이 구석구석까지 설계된 인공물처럼 보인 것이었다.

"바다를 이렇게 가까이에서 보는 건 오랜만이네⋯⋯."

호무라에게 바다란 TV에서나 보는 것이었다. 그런 바다를 직접 본 것만으로 어떤 종류의 감동이 있었다. 그것이 CG처럼 보일 만큼 아름다운 바다라면 넋을 놓고 바라보는 것도 이상한 일은 아니리라.

"수영복이 있으면 헤엄치고 싶은데."

인생에 한 번쯤은 바다에서 헤엄치고 싶었다.

"근처에서 팔지 않겠냐? 우리가 생각하는 형태의 수영복은 아니겠지만."

옆에서 바다를 바라보던 사이코가 무심하게 말했다.

"한 번이라도 좋으니까 귀여운 수영복을 입어 보고 싶어요."

"학교 수영복이나 입어."

"이세계에 있을 리가 없잖아요!"

"네가 바라는 건 있겠냐!"

학교 수영복은 싫지만, 이세계의 수영복 문화에 기대를 걸고 싶다. 귀여운 수영복은 분명히 있을 것이다.

호무라 일행은 해변 끄트머리에 있는 정자에서 가지고 있던 음식을 먹었다. 맛있는 음식에 아름다운 경치. 그것들을 음미하듯 자연스럽게 말수는 줄어들었다. ……이렇게 표현하면 감성적으로 들리지만, 사실 「맛있는 음식」의 비중이 컸다. 그만큼 현대인의 입맛에도 만족스러운 진한 맛이었다.

바삭바삭한 튀김옷을 입은 생선이 싱그러운 채소와 함께 자극적이고 감칠맛 가득한 소스와 어우러졌다. 짠맛과 매운맛에 몸이 환호했다.

호무라가 미각을 즐기는 옆에서 츠츠미의 배가 꼬르륵거렸다. 그 많던 꼬치구이는 이미 츠츠미의 배 속으로 사라졌건만, 아직도 부족하다고 아우성이었다.

"츠츠미, 자, 아앙~."

호무라는 배가 덜 찬 듯한 츠츠미에게 자기 몫을 한 입 나눠주려고 했다.

"아앙!"

"와, 설마 남은 걸 전부 먹어 버릴 줄은 몰랐네? 그래도 욕망에 솔직해서 좋아! 착하다, 착해."

"에헤헤……."

호무라는 거리낌이 없는 츠츠미의 머리를 쓰다듬었다.

각자가 자기 취향껏 식사를 즐기는 한편, 음식을 먹을 필요가 없는 프로토는 유기 생명체의 비효율적인 에너지 섭취 방법을 비웃으며 혼자 일광욕을 즐겼다. 효율 때문인지 프로토는 흉부를 열어 본체 코어를 노출하느라 가슴 쪽 옷을 풀어 헤쳐 놓았다.

호무라는 그 적나라한 모습을 놓치지 않았다.

프로토의 겉모습은 사실상 인형이나 다를 바 없지만, 좋은 건 좋은 거다. 외모가 취향인 소녀가 가슴을 드러낸다는 사실이 호무라의 저열한 마음에 기름을 부었다. 틈만 나면 동료에게 들키지 않게 힐끔힐끔 훔쳐봤다.

"아니, 훔쳐보는 거 다 알거든?"

참고로 본인뿐 아니라 모두 알고 있었다. 날카로운 눈총이 꽂힌다.

"이럴 수가, 완벽한 연기였을 텐데……."

완전 범죄가 간파당했다고 절망하는 호무라에게 사이코

가 양형을 책정했다.

"일단 모래에 묻을지 바다로 떠내려 보낼지 정할까. ……아, 너 수영하고 싶다고 했지?"

"수영은 평범하게 하고 싶다구요!"

가능하면 귀여운 수영복으로.

최종 판결을 내리려는 그때, 문득 진이 식사하던 손을 멈췄다.

"그나저나, 쌀이 그립군……."

진이 간절하게 중얼거렸다.

"쌀이 있기는 한데, 뭔가 다르네요."

이세계에 온 뒤로 원래 살던 세계에서 먹던 쌀이 없어서 쭉 아쉬움을 느끼고 있었다.

"내 몸의 피가 쌀을 갈망한다……."

쌀이 그리운 나머지 진이 이상한 소리를 시작했을 무렵, 파도 소리에 익숙한 목소리가 섞여 들었다.

"너희도 여기에 있었어?"

따로 행동하던 아레스 일행이었다.

네 사람은 옆 테이블에 앉아 다리의 피로를 풀었다.

"잠깐…… 거기 갑옷, 너 몸이 줄어들지 않았어?"

갑옷을 벗은 프로토를 처음 본 아레스 일행은 한 박자 늦게 경악했다. 프로토가 인간이 아닌 것은 알아도 실제로 어떤 존재인지 모르니까 어쩔 수 없는 반응이었다. 코어에서 뻗은 와이어 형태의 기계 촉수로 갑옷 안쪽을 채워 외골격 생물처럼 움직인다고는 꿈에도 생각하지 못할 것이다.

"이게 진짜 모습이야. 아차…… 진짜 모습은 이쪽이지."

그렇게 말하며 노출된 코어를 보여줬다.

"제발 그만……. 우리 상식을 그만 파괴해……."

아레스는 하늘을 우러러봤다. 그곳에는 정자의 천장이 있었다.

정신 건강 보호 및 배려 차원에서 잠시 서로 간섭하지 않고 해변에서 시간을 보냈다.

차분함을 되찾은 아레스는 마지막으로 심호흡한 뒤 호무라 일행에게 물었다.

"그래서 너희가 보기에 이 도시는 어때?"

"아주 좋은 곳이에요. 아름다운 데다가 활기도 넘치고. 옛날이 더 활기가 있었다고 하지만요……."

도시를 충분히 즐기고 좋아하게 됐다. 토레크가 말한 「애착」이 지금 확실히 가슴속에 자리 잡았다.

"그래? 우리는 더 암울해졌어."

"항구에 갔다 오신 거죠?"

"맞아. 무역선이 침몰해서 교역 대부분이 규제됐어. 특히 바다를 건너는 상인들의 손실이 커. 나쁜 분위기는 조만간 도시 전체로 퍼질 거야. 그렇게 되기 전에 빨리 사건을 해결해야 해."

결의를 가슴에 품고 아레스는 힘차게 주먹을 쥐었다.

호무라는 저 멀리 항구를 내다봤다. 도시 서쪽 끝에는 거대한 광석이 설치된 등대와 큰 인공섬이 있었다. 대형 선박을 위한 섬이라고 하는데, 그 크기가 무색하게 대형 범선이 고작 한 척 정박했을 뿐이었다.

"그것만이 아니야. 함구령이 깔렸을 텐데 마왕이 재래한다는 소문이 퍼지기 시작했어. 이건 위험해. 마왕이 나타나면 인간과 마물의 싸움이 격화될 뿐 아니라 그 불안으로 민심이 어지러워지고 세상은 더 큰 혼란에 빠져. 평시에는 일어나지 않던 사건도 일어날지 몰라."

아레스가 바다를 바라보며 우려를 표했다.

이 세계에 온 지 얼마 되지 않은 호무라 일행도 그 이야기는 여러 번 들었다. 마물뿐 아니라 도적 같은 무뢰배가 들끓는 것은 불안감 때문이라고.

그렇게 세계에 혼란을 초래하는 마왕이란 대체…….

"저기, 마왕은 어떤 사람인가요?"

"그런 것도 몰라? 그리고 그걸 『사람』이라고 부르지 마."

기가 막힌다는 감정이 목소리와 눈빛으로 오롯이 전해졌다.

그런 눈으로 봐도 어쩔 수 없지 않은가. 갑자기 이세계에 끌려와서 눈앞의 일을 처리하기도 벅찼다. ……라는 이유도 물론 있지만, 이곳 생활이 즐거워서 마왕 따위 망각의 저편으로 사라진 지 오래라는 것도 원인 중 일부를 차지했다. 아니, 사실 이게 대부분이다.

"우리는 아무것도 모르는 촌뜨기라는 설정이니까."

"『설정』……? 아니지, 캐묻지 않겠어. 너희 말을 일일이 진지하게 받아들이면 정신 건강에 해로우니까."

아레스는 호무라 일행과 지내는 방법을 배운 모양이었다.

"인간과 마물의 싸움은 먼 옛날부터 이어졌지만, 결속력 있는 인간이 항상 우위였어. 그런데 100년 전, 마물을 통솔해 공세에 나선 게 마왕이야. 마왕군은 우리 영지를 차례차례 빼앗았고, 더불어 거점 제작 마술에 능한 마족도 있었지. 빼앗긴 도시 중에는 요새화해서 아직 탈환하지 못한 곳도 있어."

"그래도 마왕은 해치웠죠?"

"아니, 막아냈을 뿐이고 그 후 어떻게 됐는지는 몰라. 100년 전 대전이 『종결됐다』고 말하는 이유는 그저 마왕이 더 이상 확인되지 않고 놈들이 적극적으로 공세에 나서지 않기 때문이야. 마왕이 재래하면 당연히 살아남은 부하도 움직이겠지. 새롭게 부하로 가담하는 녀석도 있을 테고. 마왕이란 그런 존재야."

마왕이란 단순히 강하기만 한 것이 아니다. 평화의 종말을 상징하는 존재다.

"그래서 나는 호국 성순장을 목표로 하고, 세계 평화를 위협하는 마왕을 타도하려는 거야."

아레스는 굳은 의지로 까마득히 먼 목적지를 향해 꿋꿋이 나아가고 있었다.

"마왕을 해치우는 건 우리겠지만."

"아니, 아레스 님이야!"

"으엑, 또 시작이네. 저 아레스 맹신자."

대수롭지 않게 받아치는 사이코에게 리안이 물고 늘어졌다.

"일단 우리도 마왕을 해치워 달라고 부탁받았거든요, 여신님한테."

호무라가 쭈뼛쭈뼛 말했다. 솔직히 그게 아니면 이세계에 불려오지도 않았다.

"진정해, 리안. 마왕을 해치울 수 있다면 누구든 상관없어. 우리 목표는 세계 평화야."

"맞아, 누구든 상관없어. 마왕 퇴치를 허가할게."

"왜 네 허가를 받아야 해?"

리안의 의견은 여전히 아레스의 말에 좌우됐다.

"그나저나 너희는 장난스러워 보이면서도 큰 뜻을 품었군. 정말로 구제 불능인 녀석들이지만."

말에 가시는 있지만, 아레스는 호무라 일행의 목표를 비웃지 않고 단순한 헛소리로 치부하지도 않았다. 자신의 사명을 진지하게 생각하는 만큼 그 평가도 흔들림이 없었다.

"오해하지 마. 우리는 구제 불능이니까 큰 뜻을 품는 거야."

"무슨 해명이 그래요, 사이코 씨……. 반박은 못 하겠지만, 어휴."

그렇다. 자신들이 이상한 것뿐이다.

"그래도 그 뜻을 폄하할 생각은 없어. 뭐, 100년 전 마왕과 소문의 『마왕』이 다를지도 모르지만. 너희 보고에 따르면 『마왕의 주혈』이란 것으로 동료를 늘리고 있다지?"

"동료……인지 아닌지는 모르겠네요. 루트루드 씨는 딱히 지시를 받고 움직이는 느낌은 아니었어요."

"어쨌든 100년 전 마왕이 그런 수법을 썼다는 이야기는 들은 적이 없어. 아마 후계자가 나타났겠지. 게다가 굳이 『마왕』이라는 이름을 썼어. 그만큼 자신이 있다는 증거야. 호국 성순장이 목숨을 노려도 이길 실력이 있다고 보는 게 타당해."

파르메아 주교에게 사건을 보고했을 때도 비슷한 고찰을 들었다. 두 사람이 같은 결론에 도달한 것을 보면 사람들이 얼마나 마왕을 경계하는지 알 수 있었다.

호무라는 갈도르시아의 성벽 위에서 본 갈라진 대지를 떠올렸다. 마왕이 남긴 전투의 흔적. 마왕과의 싸움이 어떤 것인지 다시금 생각하게 됐다.

……그렇게 타도해야 할 적에 대해 생각하는데 갑자기 도시 중심 쪽에서 환성이 들렸다.

"응? 무슨 이벤트라도 하나?"

행사가 개최됐는지, 적잖은 사람의 목소리였다. 그것을 듣고 아레스의 표정이 험악해졌다.

"토레크 님이 말씀하신『중앙 광장』이겠군."

"그래?"

"그곳에 관한 이야기도 들었어. 안 보는 편이 나아."

위험한 일이 벌어진다. 토레크는 그렇게 말했다.

"그럼 보라는 뜻이네!"

"말이 앞뒤가 안 맞잖아, 이 녀석!"

일일이 반응해주는 아레스에게 호무라는 동정했다.

"하지만 분하게도 같은 의견이야……. 너와는 동기가 다르지만. 보면 안 되는 것일수록 나는 봐야 한다고 생각해. 우리가 지켜야 할 것의 본질을 알아야 하니까. 저게 바로 이 도시의 **폐단**이야."

중앙 광장에는 많은 시민과 상인이 모여 즐겁게 소리치고 있었다.

원형 광장은 돌로 포장했고 상당히 넓었다. 안쪽에 있는 멋진 건물은 영주가 사는 저택이라고 했다. 오렐리크의 일반적인 주택은 외장이 단순한 데에 반해, 영주 저택만큼은 세세한 부분에 장식이 들어갔다.

저택에 가까운 곳에는 마치 나무로 된 무대 같은 것이 있고, 관중의 시선은 그곳에 모여 있었다.

"똑똑히 봐, 우민들아—!"

앙칼진 목소리가 울렸다.

무대 위에는 갈색 피부에 화려한 옷을 입은 소녀가 서 있었다. 나이는 열넷에서 열다섯 정도에 날씬한 몸매. 하지만 가녀린 인상은 아니었다. 훤히 노출된 피부로 희미하게 근육이 도드라졌다. 무엇보다 무기가 부착된 호완을 착용했다.

그리고 자기 과시적인 성격인지, 열성적인 시선을 한 몸에 받으며 황홀한, 하지만 가학심 가득한 표정을 짓고 있었다.

"지금부터 이 쓰레기에게 침권(針拳) 제재를 시작하겠어!"

소녀 옆에는 교수대 같은 것에 샌드백처럼 매달린 남자가 있었다. 상반신에는 아무것도 걸치지 않아 그 비쩍 곯은 몸이 잘 드러났다. 남자는 천 재갈을 문 채 알아들을 수 없는 소리로 절규하고 있었다.

"저게 현 영주의 딸, 엘리리야야. 약 1년 전에 영주가 바뀐 뒤로 이 도시에서 패악질을 일삼는다는군."

아레스는 소녀를 노려봤다. 그 시선에는 지금부터 자행될 행위에 대한 의분이 서려 있었다.

"어디 보자, 죄상은 『절도』고 훔친 물건은 빵 세 개야. 마지막으로 할 말 있어?"

엘리리야는 죄인의 재갈을 거칠게 풀었다.

"너 때문에! 너 때문에 도시가 이상해졌어! 네가 교회의 자선을 금지해서 우리는—!"

입이 해방된 순간, 죄인은 봇물 터진 듯 말을 쏟아냈다.

"다들 들었어~? 이 녀석은 죄책감이 없나 봐!"

죄인을 용서하지 말라며 관중이 들끓었다. 떨리는 공기가 살을 타고 전해진다.

"—그러면, 혼 좀 나야겠지?"

엘리리야는 입꼬리를 올려 이를 드러냈다.

"침권 제재, 세 방 간다!"

그녀가 「침권」이라고 부르는, 주먹에 예리한 쇠꼬챙이 세 개가 달린 호완을 들었다.

"하, 하지 마—!"

공포에 떨리는 목소리로 애원하지만, 그래도 그녀는 멈추지 않았다.

"이힛! 좋은데, 그 눈빛! 오싹오싹해!"

몸에 힘을 주자 노출된 사지로 근육이 불거졌다.

"하나, 둘! 한 바아아아아아아아앙—!"

엘리리야는 남자의 배가 움푹 들어가도록 주먹을 날렸다. 강렬한 펀치에 남자의 몸이 크게 튕겼다. 하지만 배를

관통한 꼬챙이에 붙잡혀 몸은 ㄱ자로 꺾인 채 엘리리야의
주먹에 걸쳤다.

"끄, 아아아아아아아아아아아아—!"

남자는 고통을 참지 못하고 비명을 질렀다.

엘리리야가 힘차게 꼬챙이를 빼내자 구멍 세 개에서 피
가 뿜어졌다. 남자를 꿰뚫었던 얇은 꼬챙이는 빨갛게 물들
어 핏방울을 뚝뚝 떨어뜨렸다.

"좋아, 아주 좋아! 공포로 일그러진 눈! 쥐어짜 낸 비명!
엘리리야를 더 경외해! 엘리리야를 더 기쁘게 해!"

죄인의 공포에 황홀해하는 엘리리야의 목소리는 흥분한
관중의 함성에도 묻히지 않고 선명하게 울렸다.

호무라 일행은 군중에서 한 걸음 물러나 제재 쇼를 보고
있었다. 비정상, 비이성적이라고밖에 표현할 길이 없는 광
경. 제재에도 함성에도 구역질 나는 혐오감을 느꼈다. 특
히 진은 날카로운 눈매에 살의가 맺혔다.

"그야 죄가 있긴 하지만, 빵을 훔친 것만으로 이렇게까
지 하나요? 게다가 이 분위기는 대체……."

"불안 때문이겠지. 원래는 이렇게까지 열광적이지 않았
다더군. 그런데 최근 정세가 불안해지면서 대중의 오락으
로 발전한 모양이야."

쌍스럽게 소리치는 군중에는 행색이 번듯한 자와 비루한
자가 한데 어우러져 있었다. 모든 시민이 이 광경을 긍정

하지는 않겠지만, 그래도 많은 이가 즐긴다는 사실에 등줄기가 오싹해졌다.

"우리 세계도 비슷했잖아? 옛날부터 공개 처형은 오락거리였고 지금도 크게 다를 건 없어."

"그래도 이 정도는 아니잖아요······."

"글쎄. **위쪽** 인간의 발목을 붙잡고 **아래쪽** 인간의 머리를 밟는다. 오래도록 널리 사랑받아 온 오락이야. 어디서든 흔하게 보이는 광경이라고."

"그, 그건 그렇지만요······."

사이코의 말대로 다른 사람의 고통은 세계와 시대를 초월한 오락거리일지 모른다. 공격할 이유가 있으면 공격하고, 공격할 이유가 없으면 만들어낸다. 잘난 인간의 실수를 물어뜯고, 못난 인간의 추태를 비웃는다.

"그리고 우리라고 다를 거 있어? 쓰레기 소각, 재밌게 잘 즐겼잖아? 우리는 『세상을 위해서』라는 명분의 『정의』를 등에 업었으니까 처벌받지 않을 뿐이란 거, 잊지 마."

호무라는 정곡을 찔려 심장이 철렁했다.

"그래도 이건 죄와 벌의 형평성이 안 맞잖아요······. 게다가 교회의 자선을 금지해서 사람을 궁지로 내몬 건 저 애라고요. 역시 나쁜 건 저 애 아니에요······?"

"사실이 그렇더라도 그런 판단은 이성이 있을 때나 가능한 거야. 이성은 쉽게 마비돼."

아레스의 이야기에 따르면 제재 쇼는 나날이 인기를 더해 간다고 한다. 그건 보는 이의 마음이 변한 탓이리라. 과도하고 불합리한 벌에 정당성을 찾게 되는, 그런 마음으로.

"한심하지만, 나도 인정할 수밖에 없군. 불안이나 지루함은 사람을 쉽게 타락시키지. 아까도 한순간이나마 자신의 욕망을 위해 전투를 바라고 말았어. 이건 인간이 평생 짊어져야 할 업이야."

대원으로서 기개가 높은 아레스조차 그 사실에 표정이 씁쓸해졌다.

하지만 그것도 잠깐뿐. 아레스의 눈에 힘찬 빛이 깃들었다.

"바로 그렇기에, 우리 개개인이 강한 마음을 가져야만 해. 특히 힘을 가진 자일수록."

"아레스 씨……."

아레스의 말이 호무라의 심금을 울렸다. 자신들이 정의롭다고 생각하지는 않지만, 그렇다고 밑도 끝도 없는 방종으로 치닫지도 않았다. 부조리를 부조리로 맞받아칠 뿐. 그렇지만 개인의 도덕성이란 모호하며 흔들리기 쉽다. 어느 순간 자신도 눈앞의 군중 속에 있을지도 모른다.

바로 그렇기에, 라고 아레스는 말했다. 바로 그렇기에 줏대가 흔들리지 않는 강한 마음을 가져야만 한다. 그게 얼마나 어려운지 모르는 것은 아니다. 하지만 해야만 한다.

"좋은 말이네요, 아레스 님!"

"우오, 깜짝이야!"

시끄러운 함성을 뚫고 나올 정도의 칭찬.

하지만 그것도 금방 함성에 묻혔다.

"아직 기절하지 마! 두 바아아아아아아아아아아아앙—!"

엘리리야가 두 번째 펀치를 날렸다. 남자의 비명이 울려 퍼지고 가느다란 핏줄기가 튀었다.

"너는 정말정말 더러운 죄인이지만! 핏빛만은 정말정말 아름다워! 이히힛!"

사람에게 고통을 주며 일그러진 미소가 얼굴에 눌어붙어 있었다. 처벌이 목적이 아니란 것쯤은 그 표정만 봐도 알 수 있었다.

"하지만 여기는 갈도르시아에 속한 도시가 아니야. 이유 없이 백성에게 해를 끼치거나 평화를 위협하는 행위가 아니라면 갈도르시아에서 파견되어 방어 임무를 맡았을 뿐인 우리는 움직일 수 없어. 막을 권리가 없어."

"과잉 처벌이라도요……?"

"안쪽을 봐."

호무라는 아레스가 시키는 대로 무대 너머를 봤다.

지금까지 군중에 가려 잘 보이지 않았지만, 그곳에는 여성 신관이 서 있었다.

"이게 이 도시에서 문제시되지 않는 건 일단 『제재』라는 범주에서 죄인을 벌하기 때문일 테지. 상대는 죄인이고 상처도 금방 치료해줘. 그런 체제가 구축됐으니까 비난의 목소리도 나오기 힘들어."

상대는 생각보다 교활한 듯했다.

"그러니까 우리가 할 수 있는 일은 하루라도 빨리 실력을 키워서 마왕을 해치우고 평화를 되찾는 거야. 민중의 불안을 없애지 못하면 결국 똑같은 일이 벌어져. 이 역겨운 구경거리를 막는다고 근본적인 해결은 되지 않으니까."

아레스의 결의가 강해지는 동시에 매달린 남자에게 세 번째 펀치가 들어갔다.

"다시는 못 때리게 되니까 죽으면 안 돼! 세 바아아아아 아아아아앙—!"

죄인은 마지막 한 방을 맞자마자 기절해 비명조차 지르지 못했다.

어쨌든 이것으로 제재는 끝났다. 눈살 찌푸려지는 쇼는 막을 내리고 광장은 조용해질 것이다.

하지만 그렇게 되지 않았다. 앞선 두 방과 달리 꼬챙이가 뽑힌 배에서 피가 무섭게 뿜어져 나왔다. 아무리 봐도 부자연스러운 출혈이었다. 아마 마법 같은 것이 작용한 것 같다.

"이제 제재는 끝났어. 고맙게 생각해, 네 죄는 청산됐어."

호무라 일행의 코까지 피 냄새가 퍼졌다. 똑같이 피 냄새를 맡아서인지 열광도 최고조에 달했다.

몸속까지 떨리는 추악한 소리의 압력.

하지만 그건 순식간에 사라졌다. 냉정을 되찾았기 때문이 아니었다. ―또 다른 공포가 눈앞에 나타났기 때문이었다.

"미이, 식사 시간이야."

엘리리야의 말에 반응해 무대 위로 마물 한 마리가 나타 났다. 아무것도 없는 곳― 정확히는 엘리리야의 그림자에서 기어 나온 것이다.

"저건, 뭐야……?"

호무라는 그 기분 나쁜 모습에 얼굴이 새파래졌다.

"마술원 책에서 본 적 있어. 저건『피 핥기 고양이』야. 상당히 위험한 부류의 마수야."

리안이 설명을 보충했다.

피 핥기 고양이는 대형 고양잇과 크기에 깡마른 체형이었다. 눈도 눈썹도 없는 징그러운 얼굴에 푸르스름한 피부는 거머리처럼 축축하고 번들거렸다.

그 기이한 짐승을 자극할세라, 지금까지 목이 터지게 고함치던 관중은 숨을 죽이고 있었다.

"영주의 딸이 저런 마수를 기르다니, 대체 어떻게 된 도시야……. 보통 저런 마수는 인간의 손을 타지 않아. 어떻게 길들였는지, 원. 저 무기를 보면 대충 상상은 되지만."

피 핥기 고양이는 찢어진 입으로 긴 혀를 내밀었다. 그 길고 가느다란 혀가 바닥에 뿌려진 피를 핥아 먹는다. 그 모습이 마치 땅에서 꿈틀대는 지렁이 같았다.

저 소름 끼치는 마수가 대체 어딜 봐서「고양이」인지 모르겠다. 차라리 외계 생물이라면 모를까.

"그래. 저토록 기괴한 마수는 그만큼 상식을 벗어난 능력을 가졌어. 날뛰기 시작하면 멈추기 힘들 거야."

발톱 곰을 혼자서 무찌른 아레스조차 피 핥기 고양이의 위험성에 우려를 드러냈다. 싸울 힘이 없는 일반 시민이라면 더 두려울 것이다.

정적에 싸인 광장에 엘리리야의 목소리가 울렸다.

"다들…… 왜 말이 없어?"

감정이 결여된 목소리, 바닥이 보이지 않는 어두운 눈동자. 하지만 반대로 눈앞의 우민이 자신을 보지 않아 화가 났다는 사실이 전해졌다.

"에, 엘리리야…… 엘리리야, 엘리리야!"

관중 중 한 명이 떠밀린 것처럼 그 이름을 불렀다. 그러자 그 연호가 퍼져 나가더니 마침내 광장이 떠나갈 정도의 대합창으로 번졌다.

"엘리리야! 엘리리야! 엘리리야! 엘리리야! 엘리리야! 엘리리야! 엘리리야! 엘리리야! 엘리리야! 엘리리야! 엘리리야! 엘리리야! 엘리리야! 엘리리야! 엘리리야! 엘리리야—."

눈을 까뒤집고 침을 튀기며 소리친다.

칭송이 아니었다. 존경심의 표현도 아니었다. 눈앞의 소녀를 두려워해 자신이 먹이가 되지 않도록 비는 목숨 구걸이었다. 기괴한 마수조차 눈에 들어오지 않을 만큼 잔혹한 소녀가 무서웠다.

"이히힛! 미이, 돌아가자."

엘리리야는 그 목소리를 만족할 때까지 듣다가 몸을 돌려 저택으로 돌아갔다. 피 핥기 고양이는 소녀를 쫓아가 찰싹 붙어 따라갔다.

소녀가 보이지 않게 되어도 대합창은 얼마간 계속됐다. 죄인인 남자가 풀려나고 신관에게 치료받은 뒤에도 쭉 이어졌다.

"흥도 깨졌는데 돌아갈까."

"그래요……."

기껏 아름다운 항구 도시를 즐기고 있었는데 기분이 우울해지고 말았다.

호무라는 발길을 돌려 뒤를 돌아봤다. 키가 작은 츠츠미는 진의 목말을 타며 구경하고 있었고, 마찬가지로 키가 작은 프로토는 말 그대로 목을 쭉 뻗어 쇼를 보고 있었다.

"누가 보면 어떡해요!"

호무라는 목소리를 낮춰 소리쳤다.

운 좋게도 호무라 일행은 군중의 가장 뒤에 있어서 아무도 보지 못한 것 같지만, 들켰으면 소란이 벌어졌을지도 모른다.

"우리는 조금 더 시찰하고 돌아가지."

"성실하시네요."

"너희가 너무 불성실한 거야."

시찰을 계속하겠다는 아레스 일행을 두고 호무라 일행은 걸음을 옮겼다.

주둔소로 돌아가는 길에는 아무도 입을 열지 않았다. 영주의 딸 엘리리야와 광장에 있던 민중, 그리고 자기 자신에 대해 생각이 많아진 탓이었다.

하지만 그런 침울한 분위기 속에서노 호무라는 늘어선 상점들 사이에서 이곳에 있을 리 없는 물건을 본 기분이 들어 자기도 모르게 침묵을 깨고 말았다.

"어, 응?"

"왜, 뭐라도 있어?"

"아뇨, 아마 잘못 봤겠지만, 순간 학교 수영복을 본 것 같아서……."

"바보냐? 이세계에서 학교 수영복을 팔 리가 없잖아."

"그렇죠……."

자신도 그럴 리 없다고 생각했지만, 한 번 더 그곳을 돌아봤다. 그러자 어떤 가게 앞에 남색 원피스형 수영복이 걸려 있었다.

"아니, 진짜 학교 수영복이에요! 저기요, 저 가게!"

호무라가 가리킨 곳에는 학교 수영복 전문점이 있었다.

"말이 되는 소리를— 학교 수영복이잖아……."

사이코는 전율했다.

4장 『이세계 학교 수영복 발견담』

The Devil's Army, Decimated
By My Flame the World Bows Down

호무라 일행은 가게 간판을 올려다봤다.

간판에는 이 세계의 문자로 똑똑히 「스쿨 수영복」이라고 적혀 있었다. 앞으로 평생 볼 일이 없다고 생각하던 물체가 그곳에 있었다.

"오! 아가씨들, 관심 있어? 스쿨 수영복"

넉살 좋은 아저씨 점주가 일행을 발견하고 싱글벙글 손짓했다. 그리고 뭔가를 평가하는 것처럼 관찰했다. 끈적한 시선은 아니었지만, 그 시선의 의미는 알 수 있었다.

"음음, 너희 같은 애들이 입으면 정말 잘 어울릴 거야, 스쿨 수영복. 햇빛 아래 드러난 팔다리, 강조되는 몸의 굴곡, 신비로운 남색 베일. 이건 거의 예술의 경지지. 세상에 스쿨 수영복을 입은 소녀보다 아름다운 것은 없어."

"뭐래, 정신 나간 소리 그만해. 지금 관심 있는 건 네 단말마 비명뿐이니까! 알아들었으면 당장 내 눈앞에서 꺼져, 가게째로!"

"음음, 그 기분 알지. 그런 아가씨에게는 딱이야, 스쿨 수영복."

가게 주인은 아무런 맥락도 없이 학교 수영복을 추천했다. 뭐지, 이 인간.

"으엑……. 이걸 보니까 수영 수업이 생각나네요. 남자고 여자고 할 것 없이 음흉한 시선을 보내는데—."

같은 물건이라도 추억은 다 다른 법이다. 호무라에게 학교 수영복이란 음흉한 시선을 떠올리게 하는 물건이었다.

하지만 호무라는 방금 프로토를 음흉하게 힐끗거리던 자신을 떠올리고 말을 멈출 수밖에 없었다. 남을 욕할 처지가 아니었다. 아니나 다를까, 네 사람의 눈빛도 그렇게 말하고 있었다.

"시선이라……. 그러고 보면 나도 자주 눈길을 샀지."

"진 씨는 몸매가 좋으니까요……. 아니지, 나랑 달리 미인이라서 눈길을 샀을 거 같아!"

"그런가? 잘 모르겠군."

시선의 종류가 달랐을 것이라고 호무라는 본능적으로 판별해 냈다.

그나저나 이세계에 학교 수영복……. 호무라는 가게 앞에 놓인 수영복을 만져 봤다.

"어라, 질감이 좀 다른가……? 제가 아는 것보다 단단하네요."

손가락으로 전해지는 촉감이 이질적이었다. 신축성은 있

지만, 자신이 입던 것보다 옷감이 뻣뻣했다.

"그쪽 아가씨는 수영복의 차이를 알아?! 보는 눈이 있군!"

"……."

"음음, 무시도 또한 스쿨 수영복."

뭐라고 하는 걸까, 이 인간.

애초에 이 세계에는 아직 합성 섬유가 없을 테니까 질감은 다를 수밖에 없지 않은가. 그리고 여기 있는「스쿨 수영복」은 생김새만 비슷한 다른 물건이었다. 비슷한 물건이 있다는 것만으로도 충분히 이상하지만.

"알다시피 이 수영복은 **스쿨 마을**의 특산품이야. 기능성도 품질도 보장해. 바다에서 놀고 싶으면 한 벌 어때?"

"처음 듣는데요……. 그나저나『스쿨』이 마을 이름이었네요."

여기서「스쿨」은「학교」라는 의미가 아닌 듯했다.

"저기, 죄송한데 다른 수영복을 파는 가게는 없나요?"

이세계에 와서까지 학교 수영복을 입고 싶지 않았다. 하지만 바다에서 놀고는 싶다.

"이걸 어쩌지, 얼마 전까지는 다양한 가게에서 다양한 수영복을 팔았는데 말이야……. 사건 때문에 해변이 봉쇄됐는데 수영복을 파는 별난 가게는 우리뿐이야. 물론 우리 집도 안 팔려."

"별난 게 아니라 미친 거겠죠……."

망하고 싶어서 작정한 걸까, 이 인간.

"응……? 스쿨 마을?"

불현듯 뭔가 생각난 것처럼 진이 마을 이름을 입에 올렸다. 기억을 더듬는지, 얼굴을 미세하게 찌푸렸다.

"구르도프 공이 말했었지. 이것과 비슷한 도검을 만드는 마을이 있다고……."

진은 허리춤에 찬 칼에 손을 얹었다.

"아, 그러고 보니 스쿠 어쩌고라고 했었죠."

"맞아맞아. 스쿨 마을은 궁극의 미를 갖춘 수영복과 특이한 무구로 유명한 마을이야."

가게 주인의 정보로 확정됐다.

진은 현기증이 났지만, 꺾일 뻔한 무릎을 정신력으로 막았다.

"으으…… 이건 상당히 힘들군……."

진은 이마에 손을 대고 잔혹한 현실을 한탄했다.

"그 마음 이해해요, 진 씨. 설마 그런 이상한 마을에서 칼을 만들어야 한다니……."

"음음, 절망도 또한 스쿨 수영복."

"그쪽은 조용히 하시고요."

정말로 뭐라고 하는 걸까, 이 인간.

찾던 물건이 괴상한 마을에서 만들어진다는 사실. 웬만해서는 마음이 흔들리지 않는 진도 이번만큼은 충격이 큰 모양이었다.

"아가씨들, 대원이지?"

"그래. 그나저나 점주, 이 도시에서 외날 검을 취급하는지 알고 싶다만."

"그렇다면…… 마을에 직접 가는 편이 좋지 않을까? 그런 외날 검은 스쿨 마을 대원이나 바다 너머에서만 써. 이 도시에 있는 건 부자들에게 파는 실용성 없는 장식품이 대부분이야."

아쉽게도 이 도시에서 일본도는 조달할 수 없을 것 같았다. 구르도프가 봤다는 칼도 실용성이 없는 장식이었을 것이다.

"어쩔 수 없군……. 이 임무를 끝내고 그 마을에 들러도 되겠나?"

달리 방법이 없다고 눈으로 호소하고 있었다.

"깜짝 놀랄 만큼 안 내키지만…… 갈 수밖에 없겠네."

"이 은혜, 잊지 않겠다."

안타깝게도 다음 행선지가 결정됐다. 어쩔 수 없다고는 하나, 정말로 내키지 않았다.

"가기 싫다……."

호무라는 중얼거렸다.

"결국 이 수영복을 입게 됐네요……."

"그럼 어떡해? 달리 수영복을 파는 곳이 없는데."

호무라 일행 다섯 명은 스쿨 수영복을 입고 바다를 바라보고 있었다. **흙손**으로 다듬은 듯한 모래사장에 다섯 명의 발자국이 꼬리처럼 이어졌다.

여름 날씨까지는 아니지만, 오렐리크는 갈도르시아보다 기후가 온난해서 바닷가에서 놀기에는 충분히 따뜻했다.

"해변에 아무도 없다는 게 유일한 위안이네요."

일반인은 접근 금지라서 사실상 프라이빗 비치였다. 남이 볼 걱정은 없다. 프로토와 츠츠미도 햇빛 아래에서 모습을 드러내고 있었다.

호무라는 바다로 눈길을 보냈다.

"그래도 이렇게 예쁜 바다에서 놀 수 있으니까 사소한 건 신경 안 쓰이네요!"

호무라가 봐 오던 바다는 어디나 어둡고 탁했다. 투명한 바다는 화면이라는 얇은 벽으로 가로막힌 다른 세계의 존재였다. 지금만은 싫은 일을 다 잊고, 여행을 온 기분으로 마음껏 즐기자. 호무라는 가슴이 뛰었다.

"바다에는…… 물고기, 많지……?"

츠츠미는 호무라 옆에서 수면을 들여다봤다. 바다가 반사

한 햇빛을 받아 신비한 색깔의 눈동자가 반짝반짝 빛났다.

"맞아. 귀여운 것도 있고, 색이 이상한 것도 있을지 몰라. 같이 찾아볼까!"

츠츠미가 겉모습에 어울리는 소녀다운 반응을 보여줘서 호무라는 조금 기뻤다. 전투나 식사 외에 관심을 가지는 일이 드문 탓이었다.

"그럼 독을 풀어서, 많이 잡고, 많이 먹을래……!"

"그거 이쪽 세계에서도 금지야—! 그래도 해 볼까!"

"하긴 뭘 해, 이 천치가."

왠지 주범이 아니라 공범에게만 꿀밤을 먹이는 진.

"일단 말해 두겠는데 너무 깊이 들어가진 마. 배를 습격한 마물이 있는 건 확실하니까."

"네~."

할 수 있는 일은 적어도 단순히 놀기 위해서 몸을 움직이는 행위가 즐거워서 견딜 수 없었다. 다섯 명은 바다에 주의하며 놀았다.

물을 뿌리고, 모래도 뿌리고, 얕은 곳에서 헤엄도 치고, 모래성도 만들고, 모래를 뿌리고, 모래를 뿌리고, 모래를 뿌리다가 싸움이 나기도 했다.

"이제 모래 뿌리기는 금지!"

집중 공격을 당하던 호무라가 폭발했다.

"다른 거 하고 놀아요!"

일행이 마지못해 모래를 내려놨다.

이제 뭘 할지 생각하던 그때, 호무라는 어떤 로망을 떠올렸다. 그건 바로—.

"사실 수박 깨기를 해 보고 싶었는데 수박도 막대기도 없네요."

이 세계에는 수박이 없을지도 모르고 다른 과일로 대체할 수도 있겠지만, 이건 꼭 수박으로 해 보고 싶었다.

"수박 깨기? 그게 뭐야?"

지구의 문화를 잘 모르는 프로토가 물었다.

"수박 깨기가 뭐냐면요…… 뭐지?"

진지하게 생각해 보니 자세한 규칙을 모르겠다.

"눈을 가린 사람이 주변 지시를 듣고 움직여서 수박을 막대기로 깬다……였나? 어라, 처음에 제자리 돌기를 했던가?"

"뭐야……. 그게 재밌어?"

자세한 규칙을 모르는 데다가 설명이 어설펐지만, 제대로 설명한다고 해서 외계 생명체에게 수박 깨기의 재미가 전해질 거라는 생각은 들지 않았다.

"실제로 해 보면 재미……있을지도요?"

"아까부터 전부 의문형이네."

"어쩔 수 없잖아요, 만화나 애니로밖에 못 봤으니까!"

호무라에게 수박 깨기는 투명한 바다만큼이나 인연이 없는 행사였다.

"수박…… 먹어 보고 싶었어……."

티격태격하는 호무라와 프로토 옆에서, 그토록 꼬치구이를 먹었던 츠츠미의 배가 수박 생각에 또 울어 댔다.

"츠츠미……."

아쉬워하는 츠츠미의 얼굴을 보자 덩달아 가슴이 아팠다.

그래서 호무라는 츠츠미의 얼굴에 진 그늘을 거두기 위해 행동에 나섰다. 수박을 느끼게 해주겠다는 생각으로.

"츠츠미, 여기 수박이야~. 우헤헤……."

호무라는 츠츠미의 얼굴에 가슴을 대고 끌어안았다.

"야, 진. 수박 대신할 거 찾았다."

"막대기 대신할 건 여기 있다."

"깜찍한 장난이잖아요! 크고 둥글면 수박을 느낄 수 있을 줄 알았죠! 덤으로 몰래 스킨십도 하고!"

모래 위로 머리만 나온 호무라가 소리쳤다. 하지만 변명은 통하지 않았다.

"호무라 깨기, 시작—!"

"하지 마요, 그런 끔찍한 놀이!"

필사적인 목숨 구걸에도 개의치 않고 호무라 깨기는 진행됐다.

"규칙은?"

바보짓에는 관심이 있는 프로토가 물었다.

"눈을 가리지 않은 진이 자기 눈으로 보고 움직여서 호무라의 머리를 칼로 깬다."

"뭐야, 재밌겠는데?"

사이코는 호무라에게 들으라는 식으로 규칙을 설명하고, 프로토는 담담히 즐거워했다.

"그건 그냥 사형이잖아요!"

세 쌍의 차가운 시선이 호무라를 찔렀다.

"깨진 호무라…… 먹어도 돼?"

"츠츠미한테라면 먹혀도 돼!"

"오케이, 그럼 호무라 깨기 시작."

"당연히 거짓말이죠~! 아직 죽기 싫어요~!"

정말로 머리를 깰 것 같아서 호무라는 울면서 애원했다.

"이거 재미있네."

"진짜 추하다."

질질 짜는 얼굴을 잠시 감상한 뒤, 호무라 깨기는 겨우 중지됐다.

"깜찍한 장난인데 뭘 울고 그래."

"진짜 죽는 줄 알았는데요……."

깜찍한 장난이 끝나고 호무라는 모래에서 빠져나왔다. 장난이라기에는 눈빛이 진지했다는 사실을 애써 머리 밖으로 쫓아내면서…….

"그나저나 사이코 씨까지 바다에서 노는 건 의외였어요."

학교 수영복이라도 좋으니까 수영복을 입고 놀자고 제안한 사람은 의외로 사이코였다. 사람 골탕 먹이기와 도적 사냥 외에 이토록 오락에 적극적인 사이코는 보기 드물었다.

"뭐, 이것도 임무를 위한 작전이니까."

"작전……?"

그냥 노는 것처럼 보였는데 뭔가 깊은 생각이 있었나 보다. 오락에 적극적인 것은 어디까지나 임무를 위해서였다고 한다.

"해변, 수영복 미녀, 떠들썩한 분위기. 이 3요소가 모이면 상승효과로 식인 상어가 나타나. 분명 그 녀석이 습격 사건의 범인이야."

접시 물보다 얕았다.

"또 이상한 소리 하시네……. B급 영화를 너무 봐서 머리가—."

그때, 프로토의 급박한 외침이 해변에 울려 퍼졌다.

"상어다—! 상어가 나타났다—!"

"어어?!"

상어도 상어지만, 프로토가 이만큼 언성을 높인 적이 없어서 호무라는 두 배로 놀랐다.

반사적으로 프로토가 가리키는 곳을 봤다.

지금까지 한없이 평화롭던 해변에 『그것』이 있었다.

언제나 여유로운 웃음을 짓는 사이코조차 이때만큼은 심

각한 표정을 보여줬다.

"내가 막을게! 너희는 위순대를 불러와!"

물가에 있는 그것은 체격이 기이하지만, 어딜 보나 상어였다.

새까만 포식자의 눈. 인간을 종이처럼 찢어발기는 날카로운 이빨. 그것들은 보통 상어와 다를 바 없지만, 크게 다른 부분이 있었다.

다리가 달린 것이다.

가슴지느러미와 배지느러미가 변한 것일까? 우락부락한 골격이 살가죽 위로 부각됐고, 그 끝에는 날카로운 발톱이 보였다. 그것은 네 발로 땅을 굳게 딛고서 마치 도마뱀처럼 땅에 배를 끌며 뭍으로 올라왔다.

"나는 괜찮으니까 어서 가!"

"사이코 혼자서는 안 돼! 나도 남을게!"

"고맙다……. 너와 함께라면 질 것 같지가 않아."

평소에는 솔선해서 장난치기 바쁜 두 사람이 솔선해서 동료를 지키려고 했다. 그래도 마수는 앞을 막아선 두 사람에게 아랑곳하지 않고 인간의 영역으로 발을 들였다.

네 발 상어의 특징은 그 다리로 포식자의 영역을 육지까지 확대한 것만이 아니었다.

가장 큰 특징을 꼽으라면—.

"너어어어어무 작아—!"

―손바닥만 하다는 것이었다.

정열적인 대사를 외치며 두 사람은 엎드려서 이상한 상어를 구경했다.

다리 달린 상어는 위협하듯 커다란 입을 벌려서 뾰족한 이빨을 드러내지만, 크기가 워낙 작아서 그마저도 애교스럽게 보였다.

그 위협에 대항하듯 사이코와 프로토가 입을 쩍 벌렸다. 김빠지는 광경이지만, 위험한 마물이 아니라서 일단 마음은 놓였다.

"작네요……. 새끼일까요?"

"그럴지도 모르지. 그리고 이거의 성체가 소문의 마물일지도 몰라."

호무라도 상어 옆에 쭈그려 앉아 그 조그만 생물을 내려다봤다.

단 한 마리. 다른 동료는 보이지 않았다. 미아일까?

어느샌가 츠츠미와 진도 다가와서 작은 마물을 빤히 보고 있었다.

"멋있고, 귀여워……."

츠츠미도 두 바보를 흉내 내며 위협 놀이에 가담했다.

"바보 흉내는 내면 안 돼, 츠츠미."

바보는 아이 교육에 좋지 않다. 이 두 사람에게서 최대한 거리를 두라고 일러두자.

서로의 위신을 건 위협 싸움은 점점 격화되어 결국에는 무력 사용으로까지 발전했다. 과감하게 위협을 계속하는 용감한 마수를 사이코가 나무 막대기로 찔렀고 상어는 이에 질세라 막대기를 물고 늘어졌다.

"에잇에잇."

"정말, 뭐 하는 거예요? 괴롭히면 얘 엄마, 아빠가 복수하러 올걸요."

"오라고 해. 잡아서 샥스핀 수프로 만들어 버리게. 후하하!"

거대한 적의 공격에 겁을 먹었는지, 상어는 아장아장 바다로 도망쳤다.

"앗, 도망친다."

마수와의 치열한 전투는 인류의 승리로 끝났다.

필사적으로 뛰어가는 모습을 보자 죄책감 같은 감정이 밀려왔다. 상어 부모에게 사이코를 갖다 바치면 용서해줄까? 시험할 가치는 있다고 생각한다.

"그냥 해 본 소리였는데 진짜 상어가 나올 줄이야."

"역시 생각 없이 한 소리였네요……."

진짜 상어 소환 의식이라고는 생각하지 않았지만, 그래도 무슨 생각이 있을 줄 알았다. 그런데 정말 아무 생각 없이 뱉은 말일 뿐이었다.

하지만 학교 수영복을 입고서라도 해변에서 놀기로 결심

한 것은 사이코의 웃기지도 않은 작전 덕분이기도 했다. 오랜만에 실컷 놀았다는 점에 한해서는 고맙게 생각했다. 마음속으로만. 직접 말하고 싶지는 않다.

"그럼 보고하러 돌아갈까."

어느샌가 해가 기울어 해변을 주황색으로 물들이고 있었다.

"너무 놀았다고 혼나지 않을까요?"

"몰라, 혼나면 혼나는 거지."

"너무 마음이 풀어졌나……."

하루 종일 놀기만 했다는 자각이 없지는 않았다. 대원의 본분을 다하지는 않을지언정 조금만 더 직업 정신을 가져도 되지 않을까.

하지만 수확은 있었다.

"그래도 이 도시에 애착은 생긴 것 같아요……. 안 좋은 부분도 있었지만요."

편안한 피로감, 낮과는 다른 얼굴을 보여주는 아름다운 경치. 토레크의 말대로 도시를 알수록 애착이 생겼다. 무슨 일이 있어도 이 풍경을 망가뜨리고 싶지 않다. 호무라의 가슴에는 결의가 움트고 있었다.

그래도 예상대로 혼은 났다.

"아저씨가 말하기도 그렇지만, 너무 놀았어."

5장 『영주의 딸』

The Devil's Army, Decimated
By My Flame the World Bows Down

"이 도시를 즐기고 오라고 한 사람은 아저씨지만, 너무 늦어서 갈도르시아로 돌아가 버린 줄 알았잖아."

토레크는 주둔소 현관 앞에 떡하니 버티고 있었다. 온화한 표정은 그대로지만, 말 곳곳에 분노가 묻어 있었다. 웃으며 화내는 사람이다. 미간에 주름이 움푹 파였다.

"죄송해요, 너무 오랜만에 놀아서……."

사정을 이해하는지, 토레크의 미소에서 노여움은 옅어져 갔다. 대신 무슨 감정에선지 눈썹꼬리가 내려갔다.

"그렇게 말하면 화를 내고 싶어도 낼 수가 없네. 하긴, 젊은데도 워낙 일이 바쁘니까."

"정말 죄송합니다……."

첫날부터 너무 놀았다고 혼났지만, 그보다 궁금한 것이 있었다.

"그런데 옆에 계신 분은?"

토레크 옆에 있는 남자였다. 지금까지 토레크와 이야기를 나눈 모양이었다. 행색이 좋고 덩치도 커서 부유한 계충이라고 추측할 수는 있으나, 얼굴빛이 나빴다. 건강이 나빠서라기보다 지친 것처럼 보였다.

"아, 나는 신경 쓰지 않아도 되네."

그 남자의 목소리에는 역시나 힘이 없었다.

"나는 이만 가지, 토레크. 자네들에게도 피해를 줘서 미안하네."

"피해……?"

남자는 신경 쓰이는 말을 남기고 떠났다.

"그보다 너희를 만나고 싶다는 애가 있어. 살짝 예민한 나이니까 너희가 잘 맞춰줘."

가벼운 말투에 비해 토레크의 표정은 딱딱했다. 안 좋은 예감이 든다.

토레크는 일행을 집무실로 데리고 갔다.

호무라가 마른침을 삼키고 안으로 들어가자 집무실은 숨 막히는 긴장감으로 차 있었다.

그 분위기를 만들어내는 인물은 사무용 책상 **위**에 있었다.

"너무 늦지 않아~?"

화려한 복장에 태도가 거만한 소녀— 영주의 딸 엘리리야였다. 초커에 달린 피처럼 붉은 보석이 광석등의 빛을 받고 야릇하게 빛났다.

엘리리야는 책상 위에 누운 피 핥기 고양이에 등을 기대고 책상에 걸터앉아 있었다. 앉기 불편했던 탓인지, 책상에 있었던 서류와 책은 바닥에 어질러져 있었다.

기다리다 지친 것처럼 말투에 가시가 있었다.

호무라 일행이 방에 들어오고 한 박자 늦게, 잠들었던 피 핥기 고양이가 고개를 들어 기묘한 울음소리를 냈다. 무슨 생각인지, 그 모습을 보고 엘리리야는 히죽거렸다.

"너희, 뭘 한 거야……!"

구석에 직립 부동으로 선 아레스가 목소리를 낮춰 따졌다. 다른 세 명도 아레스 옆에 정렬해 마네킹처럼 굳어 있었다.

오렐리크와 갈도르시아의 관계를 생각하면 아무도 영주의 딸에게 강하게 나갈 수 없었다. 도시의 활기를 보면 이곳이 얼마나 부유한 나라인지 알 수 있었다. 그곳과의 관계가 어긋나면 갈도르시아는 큰 타격을 입는다. 그 사실을 아니까 엘리리야는 거만한 태도를 유지하는 것이었다.

"뭐 해? 앉아."

그건 권유가 아니라 명령이었다.

호무라는 동료와 상사가 서 있어서 자신들만 앉기가 불편했는데, 다른 네 명은 신경 쓰는 기색조차 없었다. 심지어 사이코는 도발하듯 로우 테이블에 발을 턱 올렸다.

호무라가 사이코를 다그치려는데 엘리리야의 얼굴이 미세하게 일그러지는 것을 보고 멈췄다. 외교 문제로 발전하지 않을지 걱정되지만, 그건 그거고 일단 통쾌하니까. 엘리리야는 일행을 바늘방석에 앉힐 생각이었겠지만, 비상식인에게는 통하지 않았다.

"너, 성격 더럽다?"

"당치도 않습니다~. 그쪽만 하겠습니까~?"

사이코는 대놓고 신경을 긁는 태도로 응수했다.

"거기서 거기거든요? ……앗."

호무라는 황급히 입을 막았다. 네가 할 소리냐고 따지고 싶은 마음이 울컥 치밀어 무의식적으로 말이 튀어나왔다.

"죄송합니다, 이 애들이 신병이라서."

토레크가 곧바로 엘리리야에게 굽실거렸다.

"신경 쓸 필요 없어. 콧대 높은 녀석을 꺾는 게 재미있으니까."

엘리리야는 이를 드러내고 가학적인 웃음을 지었다.

"다 봤어, 너희가 반항적인 눈으로 엘리리야를 바라보는 걸."

그 인파 속에서 자신들을 발견하고 겁먹지 않은 것까지 확인한 모양이었다.

"그게 다가 아니야. 미이의 코는 속일 수 없어. 너희, 인간 아닌 게 섞여 있지?"

엘리리야가 피 핥기 고양이의 머리를 쓰다듬자 기괴한 마수는 마치 애완 고양이처럼 목을 그르렁거렸다.

"거기 꼬마, 마스크 벗어."

엘리리야는 망설임 없이 츠츠미를 지명했다.

츠츠미는 잠깐 주저했지만, 사이코가 고개를 끄덕이자 쭈뼛쭈뼛 후드와 마스크를 벗었다.

인간과는 다른 피부가 드러나고, 생각대로라며 엘리리야의 입꼬리가 올라갔다.

"이히힛! 그럼 그렇지! 마족을 데리고 다녀? 미쳤나 봐! 나쁜 짓을 마음껏 제재해 줄 테니까 자유롭게 돌아다녀도 돼!"

"맙소사……."

토레크는 머리를 감쌌다.

"거기 너도."

다음은 프로토였다. 모습을 꽁꽁 감추고 있으니까 의심을 사도 할 말이 없다. 두 사람만 먼저 숙소로 보냈어야 했다고, 호무라는 뒤늦게 후회했다.

"들켰다면 어쩔 수 없지."

프로토도 후드를 벗고— 눈동자 라이트를 격하게 깜빡거리며 목을 늘렸다.

"아니, 쟤는 뭐야?"

예상과는 전혀 다른 방향으로 기습을 당해 엘리리야도 당황한 눈치였다. 토레크는 넋이 나가 아무 말도 하지 못했다.

"돼, 됐어……. 정체가 뭐든 알 바 아니야. 약점을 잡기만 하면—."

엘리리야는 간신히 정신을 추슬렀지만, 무슨 생각이 들었는지 잠깐 공백이 생겼다.

"그, 그렇지! 이런 이야기를 하러 온 게 아니야!"

정신이 번쩍 든 엘리리야가 언성을 높였다.

"너희, 어차피 습격 사건을 조사하러 온 거지? 그건 집어치우고 엘리리야의 컬렉션이나 회수해 와."

"컬렉션······?"

의문은 컬렉션 자체가 아니라 그걸 왜 습격 사건보다 우선시하느냐, 였다.

"습격당한 배에는 엘리리야가 본가에 주문한 컬렉션이 실려 있었어. 그게 지금쯤 표착했을 테니까 너희가 찾아와."

"그걸 굳이 우리가 해야 해?"

사이코도 불쾌감을 드러냈다. 뭔가 다른 생각이 있다고 느낀 모양이었다.

"『해야 한다』가 아니야. 너희에게 『시키고 싶다』는 것뿐이지. 이힛! 물론 거부권은 없어. 만약 거부하면····· 어떻게 될지 알지?"

시선이 프로토와 츠츠미에게 향했다. 따르지 않으면 정체를 폭로한다는 암시였다.

인간이 아니라도 파르메아가 인정한 대원이었다. 하지만 반대로 말하면 그뿐이었다. 감정적으로 받아들이지 못할 사람은 많을 것이고, 애초에 이 도시에서는 성도 갈도르시아의 영향력이 약했다. 과격한 오락에 굶주린 시민이 이 사실을 알면 어떻게 될까…….

분위기가 험악해졌다.

그것을 누그러뜨리려고 토레크가 느긋한 말투로 끼어들었다.

"뭐, 배에는 무기도 실려 있었으니까 어차피 회수할 거였어. 원래는 다른 대원에게 시킬 예정이었지만, 너희에게 지명이 들어왔다면 별수 없지. 미안하지만 대신 해줄래?"

목소리와는 달리 그 웃음은 딱딱했다. 엘리리야의 비위를 맞추지 않으면 그만큼 위험하다는 것을, 그 필사적인 태도가 넌지시 알려줬다.

"백 보 양보해서 따른다 치더라도, 그 컬렉션이 뭐야?"

"이것저것 있지만, 가장 찾고 싶은 건 마침 저 녀석이 가진 무기와 비슷해."

사이코의 질문에 엘리리야는 건방지게 발로 진을 가리켰다.

"외날 검……인가."

진은 허리춤에 찬 칼로 눈길을 돌렸다.

"그래, 좋은 생각이 났어……! 보수로 찾은 칼은 너한테 양보할게."

엘리리야가 갑자기 이상한 제안을 했다.

"말이 이상하잖아. 『가장 찾고 싶은 물건』 아니었어?"

"이상할 거 없어. 목적을 이룰 수 있으면 그만인걸."

"무슨 속셈이지……?"

"글쎄. 그래도 좋은 제안 아니야? 그런 고철보다 훨씬 대단한 물건이니까. 오히려 감사해줬으면 좋겠는데?"

그 꿍꿍이가 얼마나 사악할지는 뒤틀린 미소를 보면 알 수 있었다.

"그게 내가 바라던 것……이라고 말하고 싶진 않군. 설령 준다고 해도 **저열한 악당**의 선물 따위 쓸 생각은 없다."

"좋은걸. 그 반항적인 눈. 더더욱 마음에 들어."

진이 눈길 한 번 주지 않고 거절하자 엘리리야는 도발적인 말투에 역정을 내기는커녕 기쁘게 눈웃음을 지었다. 그 말투로 보아 아무래도 진을 노리는 모양이었다.

"그래도 거절하면 구르도프 씨에게도 피해가 가죠……?"

호무라는 사이코에게 귓속말했다. 나라보다 은인을 걱정해라. 자신들이 잘못을 저지르면 당연히 후견인인 구르도프도 책임을 묻다.

"쩝, 거절하면 **알짜 매물**이 날아가나……. 받아줄게, 그 의뢰."

사이코가 걱정하는 것은 구르도프가 아니라 제멋대로 살 수 있는 환경이었다.

"아이구, 고마워. 이제 아저씨 목도 안 날아가겠네."

토레크는 농담처럼 말하지만, 진심으로 안도한 표정이

었다.

"표착물이라면 어느 정도 정보가 있어. 이곳의 조류를 생각하면 아마 가까운 어촌에 흘러들었을 거야. 조금 위험하지만, 배를 타면 당일치기로 다녀올 수 있어."

거기까지 말한 토레크는 뒷말을 잇기 거북한 것처럼 뜸을 들였다.

"다만, 요 며칠 사이 그 마을에서 사람이 오질 않아……. 항상 정기적으로 생선을 팔러 오는데……. 요컨대 무슨 문제가 생겼을 가능성이 있다는 뜻이야. 조만간 표착물을 회수하는 겸 조사하러 갈 예정이었는데 너희에게 맡겨야겠어. 미안하다."

"야, 그게 무슨 소리야?"

"정말로 미안하지만, 그렇게 됐어."

"무슨 소리냐고!"

의뢰를 받고 나니까 중요하면서도 위험한 정보가 밝혀졌다. 그 정보를 통해 엘리리야의 목적이 언뜻 엿보였다. 뭔가 심상치 않은 일에 말려들었다는 예감이 들었다.

"그럼 내일 아침에 바로 출발하자."

생각지도 못한 일정이 일사천리로 결정되었다. 그와 동시에 엘리리야의 말에서 이상함을 느꼈다. 마치 자기도 동행한다는 듯한 말투다.

당혹감이 얼굴로 드러났는지, 표정 변화를 보자마자 엘

리리야가 고개를 갸웃했다.

"엘리리야도 같이 갈 건데?"

당연하지 않냐는 식으로 동행 의사를 밝혔다.

같이 행동하고 싶지 않았지만, 반론한 사람은 아레스였다.

"그 결정엔 따를 수 없습니다!"

"뭐어? 너희한테 말한 적 없거든?"

"그래도 보고만 있을 수 없습니다! 그도 그럴 것이 당신은 이 도시의 중요 인물입니다. 그런 사람을 위험한 곳으로 보내는 결정은 대원으로서 받아들일 수 없습니다!"

고리타분하고 원칙적인 반론에 엘리리야는 지긋지긋하다는 얼굴이었다.

"그럼 너희가 지켜줘."

"그런 곳으로 가는 것 자체가—."

"아, 응. 지킬 자신이 없구나. 아니면 싸우려니까 겁나? 괜찮아, 도망쳐도."

엘리리야는 관심 없다는 듯 꼬챙이를 만지작거렸다. 한편, 아레스는 반항적인 눈빛이 강해졌다. 아무런 기대도 하지 않는다는 태도와 「도망쳐도 된다」라는 말이 아레스의 가슴을 파고든 것이었다.

"도망쳐……? 저는 도망치지 않습니다……. 반드시 지켜내겠습니다, 무슨 일이 있어도!"

아레스의 어조가 강해지자 엘리리야는 그의 마음속 약점

을 눈치챘다. 엘리리야는 한순간 눈을 크게 떴으나, 곧 가늘게 가학적인 웃음을 지어 보였다.

"어머, 재미없는 남자라고 생각했는데 의외로 재미있겠네? 재량껏 지켜 봐. 기대할게, 허접 대원님."

까득. 아레스가 이를 악무는 소리가 들렸다. 리안도 조용하게 분노하며 쏘아봤다. 그래도 손을 대지 않은 것이 용했다. 그저 때리면 안 되는 사람이니까, 라는 이유는 아닐 것이다. 대원으로서 그만큼 신념이 올곧기 때문이리라.

엘리리야는 자신을 향한 분노에 콧방귀도 뀌지 않고, 피 핥기 고양이와 함께 책상에서 미끄러져 내려왔다.

"그럼 잘 부탁해. 기대할게."

짧은 말만 남긴 채 엘리리야는 방에서 나갔다.

집무실은 무거운 침묵과 오한이 들 정도의 분노로 차 있었다.

"토레크 님! 왜 저 사람이 시키는 대로 하는 겁니까!"

엘리리야에게 들리지 않을 때까지 기다렸는지, 아레스의 분노가 뒤늦게 폭발했다.

"그렇게 화내지 마, 아레스. 아저씨는 엘리리야에게 권력으로도 실력으로도 이길 수 없으니까 너그럽게 봐줘."

"무슨 말 같지도 않은—!"

그때, 아레스는 토레크가 장난기 없이 타이르는 듯한 표정을 짓고 있다고 깨달았다.

"죄송합니다, 제가 너무 흥분했습니다……."

"괜찮아, 괜찮아. 너는 옳은 말을 했으니까. 아저씨가 이런 역할로 도망칠 뿐이야."

토레크는 아레스의 어깨를 부드럽게 토닥였다.

"호무라네 애들이 방금 만난 건 엘리리야의 아버지, 즉, 이 도시의 영주님이야."

옷차림과 덩치는 좋지만, 몹시 초췌하던 남자를 떠올렸다. 아름답고 활기 넘치는 도시의 영주건만, 표정은 그와 어울리지 않았다.

"아버지 말로는 저 애도 옛날에는 얌전하고 착했대. 그런데 어떤 사건에 말려든 뒤로 저런 성격이 됐나 봐."

"그 이야기는 거리에서 들었습니다."

"역시 아레스야. 일을 열심히 해. 뭐, 그러니까 용서해 달라고는 할 수 없지만, 조금만 이해해줘."

"아무리 그런 사정이 있다고 해도……."

아레스의 입으로는 시원스러운 대답이 나오지 않았다.

"아저씨도 저 애를 어떻게든 해주려고 노력했지만, 문제의 근간을 모르니까 어쩔 방법이 없어."

그러고 보니 토레크는 영주와 술 약속이 있다고 말했는데 술 냄새가 나지 않았다. 어쩌면 엘리리야에 관해 진지한 이야기를 나눴는지도 모른다.

"아무튼 습격 사건 때문에 불렀는데 관계없는 일까지 맡겨서 미안해. 사건은 이쪽 인원을 쪼개서 조사할 테니까 걱정하지 마."

"맞다, 그 일로 보고할 내용이 하나 있는데요……."

다시 습격 사건이 화제로 나오면서 호무라는 문득 오늘의 성과를 떠올렸다.

"해변에서 놀 때, 다리가 달린 상어가 있었어요. 이번 사건과 관계가 있을지도 몰라요."

"다리가 달린, 상어……!"

토레크의 표정이 갑자기 굳었다. 토레크는 곧장 책장으로 가서 망설임 없이 책 한 권을 뽑아 페이지를 넘겼다.

"그거, 이렇게 생겼어?"

펼쳐진 페이지를 들여다봤다. 그곳에는 생각하던 그림이 아니라「상어 같은 인간」이 그려져 있었다. 아무리 봐도 마족이지 마수가 아니었다.

"아니에요. 상어 지느러미가 다리처럼 변한 마수예요, 마수."

"아, 상어형 마수! 마족이 아니라."

토레크의 표정이 부드러워지고, 어째선지 안도한 표정으로 변했다. 마족은 인간형 마물로, 인간처럼 지성을 지녔으며 지역에 따라서는「아인」이라고도 불린다. 마수는 넓은 의미로 마족 외의 마물을 가리켰다.

"그럼 이쪽인가?"

다른 책으로 보여준 것은 해변에서 본 바로 그 마수의 그림이었다. 실제로 본 개체와 다른 점은 겉면에 울퉁불퉁한 부분이 있다는 것이었다. 성체와 유체의 차이일까?

"대충 비슷해요. 작았지만요."

"음......."

뭔가 걸리는 부분이라도 있는지, 토레크는 생각에 빠진 표정을 지었다.

"이 마수는 『기는 상어』라고 하는데, 기는 상어는 영역을 침범하지 않으면 얌전한 편이고 영역도 여기서 멀어. 그러니까 오렐리크에서 나왔다면 조금 위험할지 몰라."

"위험해요?"

"응, 위험해. 유체가 영역에서 벗어난 곳에 있을 리 없거든. 모종의 영향으로 서식지가 어긋났거나 다른 목적이 있어서 이동했다고 보는 게 타당해. 다시 말해 무리가 이 근해에 있다는 뜻이야. 어촌 사람의 발길이 끊긴 것도 기는 상어가 무서워서 배를 띄우지 못한 탓일지 몰라."

"결국 어촌에 가는 것도 습격 사건 조사의 일환이 됐네요."

"운이 좋다면 좋지만, 별로 기쁘진 않네……. 그래도 내일 일을 조금은 이해해줄 수 있겠지?"

뒤쪽 질문은 아레스를 향한 것이었다.

"네, 뭐……."

기분은 석연치 않지만, 아레스는 마지못해 수긍했다.

"그럼 오늘은 이만 쉬어. 내일은 피곤할 거야, 주로 정신이!"

아직도 감도는 암울한 분위기를 불식하려고 토레크는 밝게 휴식 명령을 내렸다.

물론 이미 몇 명은 자고 있었지만.

"하아……. 너희는 정말로 말을 안 듣는구나."

"죄송해요, 너무 놀았더니 피곤해서……."

아레스 일행의 쌀쌀맞은 눈총을 받으며 호무라는 네 사람을 두들겨 깨웠다.

6장 『보이지 않는 본심』

The Devil's Army, Decimated
By My Flame the World Bows Down

　숙소로 돌아온 다섯 명은 자기 침대에 앉아 오늘 하루를 돌아봤다. 아름다운 거리와 추악한 광장. 임무와 명령. 화제는 필연적으로 엘리리야로 귀결됐다.

　다섯 명은 엘리리야의 폭거에 짜증을 느끼면서도 그 이상으로 이면에 있는 악의가 무엇인지 고민하고 있었다.

　"무슨 꿍꿍이일까요?"

　"보나 마나 개똥 같은 생각이겠지."

　침대가 나란히 놓인 방을 광석등이 비추고 있지만, 우울한 분위기 때문에 괜스레 어둡게 느껴졌다.

　"똑같이 성격 개차반인 사이코 씨가 말하니까 신빙성이 남다르네요."

　"제재해 줄까, 인마."

　"사실 적시로 제재당한다~."

　두 사람의 그림자가 벽에서 격렬하게 춤췄다.

　"근데 너는 왜 찍힌 거야?"

　다시 얌전해진 사이코가 진에게 묻지만, 당연히 본인도

이유는 몰랐다.

"나도 모르겠지만, 꺾을 맛이 있나 보군⋯⋯."

"하긴, 진 씨는 굴복할 것 같지 않죠."

괴롭히는 보람이 있다, 라는 뜻일지도 모른다. 잠깐밖에 말을 나누지 않았지만, 엘리리야가 중증 사디스트라는 사실은 알 수 있었다. 반항적인 태도를 보인 아레스에게 했던 말을 보아도 자신에게 대드는 자를 짓뭉개는 게 취미인 듯했다.

그런 점을 감안하면 강직한 진을 노린 것도 이해할 수 있었다.

"그래도 칼까지 받을 수 있으니까 이득이네요. 말만 들으면 명도 같던데."

"안 쓴다고 했을 텐데."

"그러지 말고 써주세요오. 싸울 때는 진 씨가 제일 도움이 되니까."

부대의 최고 화력은 호무라지만, 안정된 전투력을 발휘하는 사람은 진이었다.

"안 쓴다면 안 써."

"어우⋯⋯."

진은 요지부동이었다. 지켜야 할 선이 있는지, 악인의 선물은 절대로 받아들일 수 없나 보다.

여기서 칼을 구하지 못하면 스쿨 마을이라는 괴상한 마

을에 가야 한다. 그것만큼은 싫었다.

강요는 좋지 않지만, 어떻게든 칼을 받게 할 수 없을지 고민하는데 프로토가 입을 열었다.

"전부터 궁금했는데…… 진은 왜 칼만 고집해? 지구에는 우리를 격추할 정도로 야만적인 무기가 있었잖아, 총이라거나 뭐 이것저것. 살상 목적이라면 그게 더 확실하지 않아? 그런 게 없는 이쪽 세계라면 모를까."

외계 기계 생명체를 격추한 지구의 과학 기술이 뭔지 궁금하지만, 호무라는 끼어들지 않았다. 진이 왜 칼을 고집하는지는 호무라도 예전부터 묻고 싶었으니까.

진은 조용히 눈을 감고 그 까닭을 들려줬다.

"우리 일족은 예로부터 암살을 생업으로 삼아 오며 『사람을 해하는 감촉』을 중시했다. 상대방이 악하다고 해도 『생명을 빼앗는 일』을 가벼이 여기지 않기 위함이지."

"흐음. 그런데 진도 그런 것치고는— 칼싸움할 때 즐기는 것 같던데?"

진은 동요했는지, 한순간 몸이 굳었다.

"시험 때 이야기인가. 사이코에게 들었나? 그건 실력을 시험하는 게 즐거워서—."

호무라도 입대 시험을 돌이켜봤다. 진은 한쪽 팔을 잃으면서도 광기 어린 미소를 띤 채 시험관과 싸웠다. 어느 쪽이 죽어도 이상하지 않을 상황에서, 그녀는 웃고 있었다.

하지만 프로토가 하는 말은 그게 아니었다.

"그거 말고, 도적 죽일 때. 항상 입꼬리가 살짝 올라가."

진은 퍼뜩 입가를 가렸다. 조금 전보다 더 동요했다는 것을, 커진 눈을 보면 알 수 있었다.

아주 잠깐, 침묵이 흘렀다.

"그럴 리가……."

"미세한 차이긴 해."

"하지만 살인에 희열을 느낀 적은 없다."

"인간의 가치관은 이해할 수 없으니까 나도 자세히는 몰라, 진이 왜 그러는지."

"……."

자신의 본심을 찾으려는 듯 진은 눈알을 굴렸다. 하지만 답이 보이지 않는지, 입가를 가린 채로 말이 없어졌다.

"어쨌든 인간은 자기 일도 잘 몰라. 뭐, 어떻게 살고 싶은지는 내가 참견할 일이 아니니까 알아서 해야겠지만."

"어떻게 살고 싶은가, 라……. 나는 지금까지 『누군가의 도구』로 살아와서 내 발로 어떻게 걸어가야 할지 모르겠군……."

진은 손을 바라봤다. 『누군가의 도구』로서 칼을 쥐었던 손을.

이세계에 와서 처음으로 자신이 하고 싶은 일을 자각한 호무라는 고뇌하는 진에게 자신의 모습을 겹쳐 봤다.

"맞다! 저처럼 자기 자신에게 솔직해지면 어떨까요? 기왕 이세계에 왔으니까 베어도 될 사람을 벨 때는 즐겨도 되지 않을까요?"

"살인에서 희열을 느끼지 않는다고 말하지 않았나."

격려하려는 호무라의 이마에 진이 딱밤을 때렸다.

"아얏—!"

"그리고 그대는 자신에게 너무 솔직해. 속물의 미래는 어두운 법이야."

호무라는 빨갛게 부은 이마를 문질렀다.

"아파라……. 속물이면 어때요. 속물 중에서도 그나마 괜찮은 속물이 되면 그만이죠. 자신의 『악』을 똑바로 마주하고, 응보는 겸허히 받아들인다. **한 번 더 죽을** 바에야 저는 저의 『악』을 고수할 거예요."

호무라는 자신을 죽음으로 내몬 자들을 떠올렸다. 부조리하게 빼앗는 자들을, 부조리하게 불태워 버릴 것이다.

차츰 눈빛이 차갑게 가라앉는 호무라를, 진은 똑바로 응시했다.

"아, 맞다. 사람 목숨을 뭐라고 생각하냐고 혼났었지……."

호무라는 일전의 대화를 떠올리고 반성했다. 진은 단순히 악하니까 처단해도 된다고 생각하지 않는다. 거기서 즐거움을 찾으라는 제안은 너무 몰상식했다.

"죄송해요, 경솔한 말을 해서— 응? 듣고 계세요?"

하지만 진은 어느샌가 딴생각에 빠져 있었다. 호무라가

얼굴을 들여다보자 그제야 의식이 현실로 돌아왔다.

"응? 아, 그래……. 그냥 이쪽 세계에 와서 다행이라고 생각했을 뿐이다."

"그, 그런가요?"

"그래. 언제든지 그대를 벨 수 있으니까."

"와―우! 화나셨구나―!"

처단당할까 봐 침대 안으로 대피한 호무라를 무시하고 진은 다시 입을 닫았다.

침묵이 방을 지배한 그때, 생각지 않은 곳에서 의문이 날아들었다.

"『누군가의 도구』면, 안 돼……?"

병기로 태어나 병기로 자란 츠츠미가 불안하게 물었다.

"으음, 츠츠미도 나나 진처럼 『누군가의 도구』로 살아왔지만, 사정은 사람마다 다르니까 츠츠미는 그것도 괜찮지 않을까? 쉽게 말하면 자기 의지가 어디를 향하는지가 중요하다는 거야."

프로토는 츠츠미 옆에 앉아 머리를 쓰다듬어줬다.

"실례가 아니라면 사이에 껴도 될까요?"

침대에서 얼굴을 내민 호무라가 정다운 소녀와 소녀 사이에 껴도 될지 물었다.

"분위기 파악 못 하는 뇌가 든 그 두개골을 깨부숴도 된다면 괜찮아."

"어떡하지, 고민되네……."

고민한 끝에 관뒀다.

진은 아직 침묵하고 있었다. 지금 당장 답을 낼 필요는 없다. 만족할 때까지 고민하면 된다. 호무라는 그렇게 전하려고 했지만, 입을 열기 전에 노크가 들렸다.

"들어간다."

"꺼져!"

"들어오세요!"

빽 소리 지르는 사이코는 무시하고, 호무라의 허가를 얻은 아레스가 문을 열었다.

"꺄~! 여자 방에 들어왔어, 변태!"

찢어지는 비명의 출처는 사이코의 입이었기에 다들 무시했다.

"할 이야기가 있는데—."

"어쭈, 꽃다운 처녀의 방에 들어와 놓고 반응도 없냐? 어엉?"

사이코가 미간이 붙어버릴 정도로 인상을 쓰고 아레스에게 얼굴을 디밀었다.

아레스는 다른 네 명을 보면서 말없이 사이코의 턱을 붙잡고 손아귀를 꽉 쥐었다.

"으기이이이이이이이이이익—!"

인간이 낸다고는 생각하기 힘든 더러운 비명을 지르는

사이코를 아레스가 침대로 밀어 돌려보냈다. 아예 내팽개치지 않고 침대로 돌려보내는 점에서 그의 다정함이 느껴졌다. 극소량이긴 하지만.

"더럽게 아프네……. 금 간 거 아냐……?"

사이코는 턱을 문질렀다.

"정말로 바보예요?"

아무도 사이코의 턱을 걱정하지 않았다.

"할 얘기는 이 도시와 엘리리야에 관해서야. 일단은 정보를 공유해 두려고."

광장에서 벌어진 침권 제재 쇼를 본 뒤, 아레스 일행은 시찰을 돌았다. 거기서 얻은 정보 중에 공유할 만큼 유용한 내용이 있었나 보다.

"결론부터 말하면, 그 애는 수상해."

"수상하다?"

엽기적이고 횡포하다고는 생각하지만, 수상하다는 건 무슨 뜻일까. 지금도 수상한 꿍꿍이에 말려들긴 했지만.

"광장에서 죄인을 제재했었지? 이상하게도 제재한 죄인은 도시에서 사라지나 봐."

"그게 무슨……."

"죄인으로 구경거리가 되면 당연히 도시에서 입지가 좁아져. 보통 그런 사람은 다른 마을로 떠나거나 도적으로 전락해. 하지만 오렐리크 주변에는 도적 피해가 적어."

도적이 되는 이유는 다양하지만, 원래 죄인이었던 경우가 적지 않다. 같은 곳에서 살 수 없게 되어 다른 마을로 가고 싶어도 신원을 알 수 없는 이방인은 환영받지 못하고, 결국 도적이 되는 일도 있다고 한다.

"거기에 더해 영주 저택에서는 밤마다 신음 같은 소리가 흘러나온다고 해."

"그건 이미 **답**이 나온 거 아니에요……?"

사라지는 죄인과 정체불명의 신음. 호무라의 머릿속에는 엘리리야가 저택에서 제재를 이어가는 광경이 떠올랐다.

학대하기 위해 일부러 구경거리로 만들어 도시에서 사라져도 이상하지 않을 상황을 만든다. 제재를 구실로 자신의 가학심을 채울 뿐. 그렇다면 용서할 수 없다. 호무라는 분노로 몸에 열이 올랐다.

"진정해. 아직 확정된 건 아니야. 게다가 토레크 님이 하신 말씀도 신경 쓰여. 도시에서 엘리리야의 평판은 대부분 나쁘지만, 셸스해 연합국 출신— 즉, 엘리리야의 동향은 조금 다른 인상을 가졌어. 옛날의 엘리리야를 아는 사람은 성격이 표변하기 전까지는 굉장히 인상이 희미했다고 해. 엘리리야를 똑똑히 기억하는 사람은 적었어."

"사건에 말려들고 사람이 변했다고 했었죠?"

"몇 년 전에 유괴를 당했다더군."

"유괴……."

"주목할 부분은 유괴 자체가 아니야. 엘리리야는 유괴범을 살해했어. 그때 마침 마술의 재능에 눈을 떴다고 해. 심지어 단순히 죽인 게 아니야. 상당히 오랜 시간에 걸쳐 고통을 준 흔적이 있었다는군. 그 후로 엘리리야는 폭력으로 공포를 주는 행위에 집착하게 됐다고 해."

그 이야기를 듣고 호무라는 머리가 멍해졌다. 확실한 증거는 없지만, 어딘지 모르게 자신과 닮은 느낌이 들었다.

"왜 그래……?"

"아뇨, 왠지 저랑 닮았다고 느껴서요. 어떤 계기로 자신의 본심을 깨달았다고 해야 할까요……."

"성격이 변한 게 아니라 본성을 드러냈을 뿐이라고?"

"잘은 모르겠지만요! 그리고 지금 하는 일은 용서받지 못할 짓이에요."

"그래. 확실히 도를 넘은 제재지. 그러니까 우리는 계속 조사하겠지만, 너희는 내가 부탁하기 전까지 이 건에 관여하지 마."

"아, 협력 요청이 아니라 주의하러 온 거네요……."

"너희가 엮이면 항상 일이 복잡해지니까. 하지만 일단 보고는 해 둘게. 혹시 모를 일에 대비해서."

반박할 말이 없었다. 엘리리야는 마음에 들지 않지만, 불태워야 할 만큼 나쁜지는 아직 판단이 서지 않았다. 그렇다고 속을 떠보기에는 자신들의 성격이 너무 비뚤어졌다는 자각이 있었다. 이번 건은 아레스에게 맡기자…… 어느 정도까지는.

"그래도 불태워도 되면 알려주셔야 해요?"

"불태—? 절대로 안 알려줘! 그 애를 벌하는 건 너희가 아니야! 법이지!"

아레스는 강하게 당부하고 방에서 나갔다.

"아레스 씨는 성실하네요……."

어디까지나 법에 준거해 처벌하려나 보다. 정말로 악행을 저질렀다면 갈도르시아도 강하게 나갈 수 있으리라.

"불쌍하니까 도와줄까!"

"쓸데없는 짓 하려고 그러죠?"

최선을 다해 쓸데없는 짓을 못 하도록 막자.

7장 『고요한 어촌』

The Devil's Army, Decimated
By My Flame the World Bows Down

"바닷바람을 맞으니까 기분이 좋네. 너희도 그렇게 생각하지?"

엘리리야가 이끄는 신병 대원 부대는 범선을 타고 목적지인 어촌으로 향하고 있었다. 푸른 바다와 푸른 하늘. 배는 광대한 자연 속을 전진했다. 엘리리야는 긴 머리칼을 바람에 휘날리며 바다 여행을 즐겼다.

"기분이 좋았겠지, 너만 없었으면."

물론 즐기는 사람은 엘리리야뿐이었다. 참고로 이른 아침이라서 사이코는 평소 이상으로 저기압이었다.

"무슨 소리야? 엘리리야가 있으니까 지저분한 너희 냄새를 덮을 수 있는 거잖아."

"지저분한 건 너랑 호무라뿐이겠지."

"저는 또 왜요?"

냄새는 나지 않을 것이다…… 아마도. 호무라는 자기 냄새를 맡아 봤다.

범선은 소형이지만, 열 명이 타고도 조금 여유가 있는

크기였다. 지구의 범선은 돛을 복잡하게 조종해야 하지만, 이곳에서는 마술로 바람을 일으켜 추진력을 얻는다. 평소라면 범선 항해에 동반하는 전문 마술사 「조풍사」가 있겠지만, 이번에는 리안이 그 역할을 맡고 있었다. 조풍은 초보적인 마술이라고 한다.

배는 연안을 따라 항해했다. 습격 사건의 범인이 무엇인지 확정되지 않았지만, 가급적 위험성이 높은 곳을 피하기 위해서였다.

해안은 쓰레기 하나 없이 깨끗했지만, 나아갈수록 나무 파편이 떠다니는 것이 보였다. 아마 짐볼한 배의 잔해일 것이다. 엘리리야가 뱃전에 앉아 자신의 컬렉션이 표착하지 않았나 찾고 있었다. 선적물 같은 것도 드문드문 보이게 됐지만, 엘리리야의 반응을 보는 한 찾는 물건은 없는 듯했다.

더 나아가자 표착물이 본격적으로 많아지기 시작했다. 토레크의 말에 따르면 슬슬 그 어촌이 보일 것이다. ─그렇게 생각하는데 희미한 악취가 코끝에 닿았다.

"보인다. 저 마을이야."

엘리리야의 눈이 향한 곳을 봤다. 그곳에는 해안을 가로막듯 나무 벽이 서 있고, 바다로 뻗은 잔교가 보였다. 연식이 오래된 잔교에는 소형 범선과 조각배들이 정박해 있었다.

어촌에서는 새벽부터 고기를 잡는 줄 알았던 호무라는

그 활기 없는 광경에 조금 놀랐다.

하지만 다른 점에 놀라는 사람이 있었다.

"이게 어떻게 된 일이지?"

갑자기 진이 엘리리야에게 따지고 들었다. 그 표정에는 웬일로 분노가 서려 있었다. 심지어 목소리에는 살기가 실렸다. 호무라는 소름이 끼쳐 몸을 움츠렸다.

"어떻게 된 일이냐니, 네 생각대로겠지?"

엘리리야는 무관심하게 대꾸했다.

호무라는 두 사람이 무슨 말을 하는지 이해하지 못했지만, 사이코와 츠츠미는 말뜻을 이해했는지 자신의 무기를 확인하기 시작했다.

"죄송한데 무슨 일이에요……?"

험악한 분위기에 짓눌릴 것 같았지만, 호무라는 용기를 내서 물었다. 그러자 진이 분노한 표정 그대로 대답했다.

"피 냄새다."

호무라뿐 아니라 아레스 일행도 눈을 동그랗게 떴다.

바다 냄새에 섞였던 희미한 악취의 정체. 그게 바로 피 냄새였다.

정적이 깔린 어촌에서 피 냄새가 흘러나온다. 토레크의 추측대로 마을에 무슨 문제가 생긴 것이다.

"그런데 엘리리야 탓도 아닌데 왜 노려봐?"

자기 탓이 아니다. 입으로는 그렇게 말하지만, 얼굴에

눌어붙은 비웃음이 사정을 안다고 말해줬다. 명백한 이상 사태인데도 히죽대며 다른 이들의 반응을 보고 있었다. 순식간에 배가 살을 찌르는 험악한 분위기에 휩싸였다.

마을에 다가갈수록 피 냄새는 짙어졌다.

"읍—!"

숨이 막힐 정도의 피 냄새에 속이 뒤집힌 호무라는 참을 겨를도 없이 구토했다.

"우웨에에에에에에엑—!"

벽 너머가 어떻게 됐는지, 코를 찌르는 악취가 그 광경을 머릿속에 그려냈다.

"이 정도로 토해? 너, 정말로 대원 맞아?"

호무라의 한심한 모습에 엘리리야는 솔직한 의문을 입에 올렸다. 호무라는 반론하고 싶어도 그럴 여유가 없었다. 대신 사이코가 반론했다. 의미 모를 논리로…….

"오해하지 마. 이건 이 녀석이 살던 고향의 어법이야. 갑자기 고기를 잡고 싶어진 거지."

"너희 고향, 대단하네…….."

"그럴 리가 없잖아요!"

투명한 바다에 호무라의 아침 식사가 퍼지며 고기가 몰려들었다.

진지한 분위기에 초를 쳤지만, 잠자코 있던 아레스가 초조함을 견디지 못해 설명을 요구했다.

"엘리리야 님, 어떻게 된 일인지 설명해 주시겠습니까?"

"아니, 그—러—니—까— 정말로 엘리리야 탓이 아니래도."

"당신 탓이 아니라도 무슨 일이 벌어졌는지는 알고 계시죠?"

"글쎄~?"

언제까지 시치미를 뗄 생각인가. 더 캐물어도 제대로 된 답은 듣지 못할 것이다. 배는 다시 침묵에 빠졌고 숨 막히는 정적에 몸을 맡길 수밖에 없었다.

그러는 사이에 배는 잔교에 닿았다. 호무라는 지팡이를 꽉 쥐고 악취로 가득한 마을에 내려섰다.

호무라 일행에 이어 아레스 일행이 하선하려는데, 엘리리야가 네 명을 불러 세웠다.

"잠깐 기다려. 너희는 여기 남아."

마음이 조급해졌던 아레스는 앞으로 푹 고꾸라졌다.

"왜죠! 마을에 무슨 일이 일어나지 않았습니까!"

아레스가 손으로 가리킨 곳에는 아무도 없고, 아무 소리도 들리지 않는 집들이 있었다. 「마을」이라고 부르기에는 사람이 없었다. 도색하지 않은 목조 가옥이 드문드문 늘어섰을 뿐이었다.

"왜냐니, 엘리리야를 지킨다면서? 이런 지저분한 마을에서 소중한 신발을 더럽히고 싶지 않은걸. 여기 있을 거야."

"그런 이유로—!"

그럼 왜 따라왔는가. 아레스는 분노에 치밀려 올라온 고함을 가까스로 삼켰다.

호무라는 마을에 발을 들이며 옆에서 걷는 사이코에게 귓속말했다.

"아레스 씨를 두고 와도 괜찮을까요? 당장에라도 칼을 뽑아 들 분위기인데."

아레스가 다혈질인 것은 정의감이 강하기 때문이었다. 자신의 판단만으로 남을 해치지는 않겠지만, 역시 불안했다.

"죽여주면 해피 엔딩이지."

"그렇다고 가만히 둘 순 없잖아요, 어휴…….."

마을은 피 냄새만 남기고 주민이 홀연히 사라진 모양새였다. 고기잡이에 쓰는 망을 말리고, 고기를 담는 상자도 쌓여 있으며, 빨래도 널어놓았다. 왠지 모든 집의 문이 열려 있었지만, 어질러진 흔적은 없었다.

"아무리 봐도 도적의 소행은 아니야. 저 성격 더러운 꼬맹이, 생각보다 귀찮은 일을 떠넘겼어."

마을을 아무리 걸어도 사람이 한 명도 보이지 않았다. 파도 소리마저 지워 버릴 무거운 정적이 활짝 열린 문으로 흘러나왔다. 아마 그 안쪽에 **주민이었던 것**이 있을 것이다. 냄새가 그렇게 말해줬다. 생존자가 없는지 불러보고 싶어도 이 참상을 만들어낸 자가 아직 있을 수도 있었다. 섣불리 목소리를 낼 순 없었다.

경계하면서 걸어가는데 앞장서던 진이 걸음을 멈췄다.

"있다."

진은 허리춤의 칼에 손을 얹었다.

고요한 마을 중심에 웬 사람이 웅크리고 있었다.

"오니……?"

호무라에게는 그 남자가 오니[#1]로 보였다.

이마로 뻗은 검은 뿔 두 개, 붉은빛을 띤 피부, 어마어마하게 발달한 근골. 손에는 붉은색으로 번뜩이는 외날 검을 들었지만, 거구가 들자 나뭇가지처럼 왜소해 보였다.

넝마 같은 옷은 피를 뒤집어썼고, 시간이 오래 지났는지 피는 갈색 자국으로 변해 있었다.

오니는 이제야 호무라 일행을 알아차리고는, 놀랐는지 몸을 흠칫 떨었다. 멀리서 봐도 알 수 있을 만큼 오니의 눈은 퀭했지만, 어딘지 모르게 겁먹은 듯이, 혹은 무언가를 견디듯이 이를 악물고 있었다.

눈과 눈이 마주친 순간, 오니의 눈은 형형히 빛났다.

─죽는다. 그렇게 생각했을 때는 이미 불쾌한 쇳소리가 고막을 때리고 있었다.

"물러나 있어라!"

어느샌가 눈앞에서 진과 오니가 코등이싸움을 벌이고 있었다.

#1 오니 뿔난 거한의 모습을 한 일본 요괴.

너무 빠르다. 눈으로 좇을 수 있는 순발력이 아니다.

"깨져랏!"

한순간 늦게 반응한 프로토가 혼신의 힘으로 전투 망치를 휘둘렀다. 하지만 오니는 그곳에 없었고, 허공을 가르는 묵직한 소리만이 지나쳤다.

반응 속도마저 상상을 초월했다. 평범하게 공격해서는 맞힐 수 없다. 호무라는 큰 기대 없이 지팡이에 불을 불어넣었다.

"불타라라아아아아아아아아아—!"

가호로 열에 내성이 있다고는 하나, 그것을 능가하는 작열하는 불길을 내뿜었다.

프로토의 망치를 피해 뒤로 몸을 날린 오니가 착지하기전, 그 찰나의 순간을 노린다. 아무리 재빨라도 공중에 있으면 피할 수 없다. ……그럴 것이다.

오니는 무슨 생각을 했는지, 칼을 힘차게 휘둘렀다. 그러자 칼날에서 붉은 안개가 폭발하며, 거기서 발생한 돌풍이 불길을 날려 버렸다.

"뭐어?!"

호무라는 경악과 풍압에 밀려 풀썩 주저앉았다.

불이 통하지 않아서 놀랄 수밖에 없었지만, 그게 다가 아니었다. 멀리 후방에서 격렬한 소음이 들렸다. 뭔가 부서지는 소리가 나서 돌아보자 둘로 갈라진 집이 보였다.

절삭 면 주변에는 물보라 같은 혈흔이 있었다. 돌풍이라고 생각한 충격은 피로 만든 참격의 여파였다.

"히, 히엑……."

"한 번 더 말하마. 물러나 있어라."

"하지만!"

혼자서는 안 된다. 그렇게 말하고 싶었지만, 아무 도움이 되지 못하는 것도 사실이었다. 오히려 발목을 잡고 있었다.

"진 혼자서는 힘들지."

프로토만은 전투 망치로 싸울 자세를 취했다.

"너무 오래 끌진 마."

"힘, 내……!"

사이코와 츠츠미는 조금 멀리 떨어져서 관객처럼 앉아 있었다.

"동료를 돕겠다는 생각은……. 아니, 그렇죠. 방해만 되죠……."

호무라도 포기하고 싸움을 관전했다.

방해꾼이 끼어들지 않는 오니와의 싸움은 격렬함을 더해 갔다.

진은 치밀하게 갈고 닦은 검술을 사용하지만, 오니는 그런 세련된 느낌이 전혀 없었다. 칼은 괴력으로 휘두를 뿐이고, 검술이라는 말과는 인연이 없는 엉망진창인 궤도를 그렸다. 아직 상처가 없는 것도 반응 속도에 맡겨 무작정 뛸 뿐이지, 진처럼 아슬아슬하게 피하지도 않았다.

하지만, 그런데도 강했다.

진의 칼이 닿을락 말락 하는 건 프로토의 공격으로 틈이 생겼을 때뿐이었다. 땅을 깰 정도의 망치 공격은 오니라도 크게 피할 수밖에 없었다. 그 한순간의 틈을 찔러 진이 파고들었다. 그리고 오니가 움직임이 둔한 프로토를 노리면 진은 그 틈을 놓치지 않았다.

하지만 서로의 칼끝이 스치지도 않은 채 검격은 계속됐다. 그 목숨 건 싸움 도중, 프로토는 말했다.

"진, 너 웃고 있어."

아주 미세하지만, 입꼬리가 올라갔다. 긴장을 풀면 죽을지도 모른다. 그런 상황에서 싸움을 즐기고 있었다.

"싸움에 집중해라."

"알았어, 알았어."

하지만 즐긴다고 해도 진은 진심으로 상대를 죽이려고 했다. 고착 상태지만, 한 번이라도 급소를 노리지 않는 공격이 없었다.

한편, 오니는 왠지 아까와 같은 피의 칼날을 날리지 않았다. 비장의 공격이었던 걸까. 아니면 사용하는 조건이 있을까. 뭐가 됐건 정통으로 맞으면 치명상을 피할 수 없는 일격이 끊임없이 되풀이됐다.

서로 한 발자국도 양보하지 않았다. 하지만 진의 눈은 놓치지 않았다.

이대로 균형이 이어질 것만 같던 다음 순간, 상황이 일변했다. 진의 칼끝이 오니의 오른팔 손목을 자른 것이었다. 체력이 떨어지기 시작했는지, 미세하게 둔해진 오니의 움직임을 진은 간파해 냈다.

오니의 오른손은 칼을 우악스럽게 쥔 채 땅바닥을 굴렀다.

"됐다, 이건 이겼어요!"

승리를 확신하고 호무라는 환성을 질렀다.

"끝이다."

오니 퇴치를 끝내기 위해 진은 오니의 목을 노리고 파고들었다. 칼끝은 땅을 미끄러지듯 달려 오니의 두꺼운 목을 치려고 뛰어올랐다.

—하지만 그때, 문득 오니의 입이 열렸다.

"——."

짧게, 작은 목소리로 말한다. 뭐라고 했는지, 호무라에게는 들리지 않았다.

하지만 진의 칼은 오니의 목 살갗만 찢고 우뚝 멈췄다.

"진!"

경악한 기색이 역력한 진은 오니가 왼팔을 들어 올린 사실을 알아채지 못했다.

프로토의 경고에도 불구하고, 둔탁한 충격음과 함께 진

이 주먹에 치여 날아갔다.

"으윽!"

진은 신음을 흘리면서도 공중에서 몸을 비틀어 미끄러지
듯 착지했다. 모래가 날려 천천히 흘러갔다.

진의 오른팔은 부러지지는 않았지만, 힘없이 늘어져 떨
리고 있었다. 진은 마비된 손을 가까스로 펼쳐 칼을 왼손
으로 고쳐 쥐었다.

"이제는 가세해요! 죽을지도 몰라요!"

호무라가 호소했다.

"둘이서, 충분해……."

고통 섞인 목소리로 진은 도움을 뿌리쳤다.

"진 씨……."

진과 오니는 부상당했지만, 멀쩡한 프로토가 있으니 이
쪽이 유리했다. 하지만 오니도 끈질겼고, 신음을 흘리면서
땅에 떨어진 칼을 왼손으로 잡았다.

그리고 오니는 뜬금없이 기묘한 행동을 보였다. 마치 조
종당하는 것처럼 어색한 동작으로, 칼날을 절단된 오른쪽
손목의 단면에 미끄러뜨렸다.

손잡이 위부터 피가 발린 붉은색 칼날은 더욱 선명한 붉
은색을 띠기 시작했다. 그러자 칼날이 마치 살아 있는 것
처럼 느껴졌다. 호무라 일행은 눈을 의심했다.

오니의 칼이 두른 피는 꿈틀거리며 흉악한 칼날 모양을

이루었다. 끝내는 붉은 대도(大刀)가 된 피의 칼날은 오니의 키보다도 길어졌다.

"좀 위험하지 않아?"

"글쎄. 분명 저건 생명을 깎는 짓이다."

진의 말처럼 피의 칼날은 오니의 피를 빨아들여 만들어졌다. 아마 오니의 생명은 그리 오래가지 못할 것이다. 하지만 그런 짓까지 하는 이상, 오니는 확실하게 죽일 작정으로 덤빌 것이다.

체력도 피도 소모했는데 오니의 움직임은 방금보다 기민했다. 마치 무언가에 떠밀린 것처럼 칼을 휘두른다. 칼은 리치도 날카로움도 늘어, 접촉한 땅에 깊고 붉은 도랑을 만들었다.

그렇지만 오니는 허점투성이였다. 외팔로 기다란 무기를 다루기에는 무리가 있었다. 오니는 땅을 내려치듯 피의 칼날을 막무가내로 휘둘러댔다.

그런데도 진은 공격을 제대로 하지 못했다. 프로토가 틈을 만들어도 깊이 파고들지 않아 칼날이 닿지 않았다.

"진, 아까부터 이상해."

"나도 안다."

진은 칼을 고쳐 쥐었지만, 표정은 좋지 않았다. 한쪽 팔이 망가졌어도 입대 시험 때는 웃으며 칼을 휘둘렀었다. 하지만 지금은 달랐다. 누가 봐도 싸움을 주저하고 있었다. 꽉 소리가 들릴 만큼 칼을 강하게 쥔 손은, 그래도 베어야만 한다는 갈등을 드러냈다.

진의 움직임이 둔해지면서 오니는 프로토도 공격하게 됐다. 자신을 짓뭉개려고 휘두른 망치를 피해, 주먹이 없는 오른팔로 단단한 갑옷을 입은 프로토를 쳐서 날려 버렸다.

"이 녀석이!"

프로토가 멀리 튕겨 날아가면서 한순간 오니와 진은 일대일로 검격을 주고받았다. 두 사람의 움직임은 너무 빨라서 여전히 다른 일행이 끼어들 여지가 없었다.

서로 부상 때문인지, 서서히 칼끝이 닿기 시작했다. 핏방울이 엷게 튀며 땅바닥에 가느다란 붉은 선을 그렸다. 하지만 호각은 아니었다. 오니의 칼날은 진을 벨 때마다 피를 빨아 칼날을 키워 갔다.

이대로는 진이 진다. 멀리서 지켜보던 호무라가 그렇게 생각한 직후, 오니의 움직임에 이변이 생겼다.

갑자기 걸음이 불안정해진 것이다. 피를 흘리면서 격렬하게 움직인 탓이리라.

"잡았다!"

확실하게 끝낼 수 있는 틈이 생겼다.

진은 목을 베려고 단숨에 파고들어— 딱 한순간 주저했다.

궁지에 몰린 오니는 악착같이 발악했고, 마구잡이로 휘두른 칼날이 우연히도 그 한순간 진에게 닿으려고 했다.

하지만 그 일격은 진에게 닿지 못하고 오니의 몸은 땅바닥에 으깨졌다.

"싸움에 집중해."

마침내 프로토의 공격이 닿을 만큼 오니가 느려져서 달려온 프로토가 곧바로 그 몸을 찍어 버린 것이었다.

진은 비아냥거리는 말에도 정신이 다른 곳에 가 있는 것처럼 전투 망치 아래 깔린 오니를 멍하게 바라볼 뿐이었다.

"우리가 죽이지 않았으면 호무라랑 츠츠미가 죽었을 거야. 사이코는 아무래도 상관없지만."

"그렇지……."

프로토는 농담을 던져 봤지만, 예상한 반응은 돌아오지 않았다.

"정말, 정신 똑바로 차려. 이제 목숨 건 싸움이 즐거운 게 아니란 걸 알았지?"

"그건 내가 말했잖아. 나는 살인을 즐기지 않는다고. 나는 즐기지 않아."

진은 눈을 돌리고 자신을 타이르듯 중얼거렸다.

"수고했어."

전투가 끝나고 사이코가 진의 상처를 치료했다. 진은 말없이 치유 마술을 받았다.

"저 녀석이 뭐라고 하든?"

사이코의 눈은 속일 수 없었다. 그 한마디로 진의 반응이 이상해졌다.

"그건……."

머뭇거리는 진을 대신해 프로토가 말했다.

"『구해줘』라고 했어."

"대충 그럴 줄 알았어."

사이코는 오니를 찬찬히 관찰했다.

"어디 보자, 어딘가에 칼집 없어?"

그 말을 듣고 주위를 돌아보던 호무라가 놀랍도록 쉽게 그것을 찾아냈다.

"찾았어요, 칼집!"

"잘했어!"

호무라는 발견한 칼집을 건넸다. 그 칼집에는 기품과 불길함을 겸비한 장식이 들어가 있었다.

"이게 주물(呪物)— 요도인가. 아마 이 녀석은 이 칼 때문에 맛이 간 마을 주민이겠지. 옷이 다른 주민들과 똑같아."

사이코는 빨랫줄에 걸린 옷을 가리켰다.

"나 참, 그 꼬맹이, 어마어마한 『컬렉션』을 가졌군."

오니의 손에서 떨어진 칼을 노려봤다. 칼의 주인이 죽었기 때문인지, 칼날이 되었던 피는 녹아서 땅을 적시고 있었다.

"주물…… 앗, 저 칼집 만졌는데요!"

"칼집은 괜찮겠지. 저주가 줄줄 새어 나오면 다른 사람

손에 넘어간 시점에서 대참사야. 이런 건 봉인하는 수단이
있게 마련이라고."

"와아, 애니나 만화 같네요."

"바보냐? 상식으로 생각해."

오타쿠식 사고방식으로 핀잔을 먹는데, 진이 기어드는
목소리로 중얼거렸다.

"이 녀석은 싸우고 싶어서 싸운 게 아니야……."

"그래서 처단할 『악』이 아니라고?"

진은 무언으로 긍정하고 사이코가 가진 칼집을 잡았다.

"야, 칼은 함부로 손대지 마라?"

"괜찮다. 확증은 없지만."

"없어?!"

수많은 피를 빨았을 붉은 칼. 진은 그것을 망설이지 않
고 잡았다.

그 순간, 진의 시야가 검붉게 물들고 자신의 의지에 반
하여 손이 칼자루를 꽉 쥐었다. 마치 칼 쪽에서 진을 놓치
지 않으려는 것처럼.

"역시, 그런 종류의 요도인가."

잡은 순간, 주위에 있는 일행에게 흐릿한 인간의 형체가
겹쳤다. 요도가 무언가를 보여주는 것이다. 진은 직감적으
로 그 형체가 보기 두려워 눈을 돌렸다.

하지만 손에 쥔 사람을 살인으로 이끄는 요도임은 확실

하나, 이상하게도 오니처럼 충동적으로 싸우려는 생각은 들지 않았다. 오히려 자신의 의지로 이 칼을 쥐고 싶다는 묘한 욕구가 가슴에 싹텄다. 사로잡힌 것이 아니라 이끌린 것처럼.

힘이 너무 들어가서 떨리는 손으로 요도를 칼집에 넣었다. 그러자 지금까지 느끼던 강압이 거짓말처럼 사라졌다.

"후우, 이제는 괜찮겠지."

"너까지 괴물이 되면 어쩔 생각이었어? 내심 초조했다고, 인마."

"미안하다. 하지만 신기하게도 사로잡힐 것 같지 않더군."

자신도 왜 그렇게 생각했는지 모르겠다며 진은 의아한 표정을 짓고 있었다.

진은 자루를 몇 번이고 쥐락펴락했다. 정말로 아무렇지도 않았다. 칼날을 칼집에 넣으면 저주는 발동하지 않는 모양이었다.

어떤 의도로 만들어진 칼인지는 알 수 없었다. 하지만 악의만은 확실하게 느꼈다.

사정을 모르는 사람이 바다에서 떠밀려온 요도를 뽑았을 것이다. 그 결과, 마을 하나가 사라지고 말았다.

호무라 일행은 잔교로 돌아왔다.

엘리리야에게 들어야 할 말이 있었다. 회수 작업은 그다음이다.

"냄새!"

하지만 잔교는 마을 안보다 짙은 피 냄새로 차 있었다.

"사이코 씨, 바다가……."

바다가 빨갛다. 무언가의 살점과 쇳조각 같은 것이 도처에 떠다니는 바다에서는 코가 떨어질 법한 악취가 올라왔다. 마치 핏속을 헤엄치는 기분이었다.

그런 상황에서 엘리리야는 뱃전에 앉아 느긋하게 바다를 구경하고 있었다.

"어머, 어떻게 멀쩡히 돌아왔어? 칼……은 가지고 왔나 보네."

미안한 기색도 없이 뻔뻔스럽게 말하는 엘리리야에게 다섯 시선이 꽂혔다.

"눈을 왜 그렇게 떠~? 마물이 배를 가라앉히지 않았으면 이럴 일도 없었어."

그래서 화를 내고 싶어도 낼 수 없었다. 이 소녀가 자신들에게 한 짓에는 구역질이 나지만, 참상을 일으킨 원인은 배를 침몰시킨 마물이었다. 엘리리야는 사실 피해자이기도 했다.

호무라는 갈 곳 없는 분노를 억눌렀다.

"그보다 리안 씨, 이건 대체…… 무슨 일이 있었던 거죠?"

바다는 범상치 않은 양의 피로 물들어 있었다.

"호무라가 보고한 상어 마수가 공격해 왔어."

"아하……. 그래도 무사해서 다행이에요."

보아하니 부상자는 없었고 습격이 있었는데도 다들 침착했다. 신병 대원이라고 믿기 힘든 풍경이었다. 한두 마리가 아닌 마수를 상대로 이토록 무난하게 승리할 줄이야…….

하지만 감탄하는 호무라에게 아레스가 나직하게 말했다.

"착각하고 있을 테니까 말해 두지."

"착각?"

호무라는 고개를 갸웃거렸다.

"저 애가 혼자서 해치웠어."

"네에?"

엘리리야를 돌아봤다. 소녀는 마치 바캉스라도 온 것처럼 바다를 보느라 호무라는 안중에도 없었다. 하지만 그 팔에는 침권을 차고 있었다.

"자기가 『지켜줘』라고 하지 않았었나요?"

"그래. 아마 수준이 다르다고 과시하려는 구실이었겠지."

굳이 자신을 지키게 하고 눈앞에서 실력을 보여준다. 지켜 내겠다고 큰소리친 남자의 콧대를 꺾기 위해.

"성격 고약하네요……."

"네가 할 소리냐."

"윽, 반박할 수가 없어."

적어도 엘리리야보다는 낫다고 믿고 싶었다.

"그래도 몇 마리는 놓쳤어. 도망친 마수가 보복하러 올지도 몰라."

잔교의 상황을 파악하자 진이 움직였다.

"이건 돌려주마."

엘리리야에게로 걸어가서 허리에 찼던 요도를 내밀었다.

"칼을 가진 녀석, 어떤 상태였어?"

"제정신을 잃고 괴물처럼 변해 있었다."

진은 당장에라도 베어 죽일 듯한 목소리로 전했다.

"마물이 되는 저주가 걸렸다는 얘기는 못 들었어. 엘리리야가 들은 이야기는 칼을 뽑은 자의 공포를 키운다는 것뿐이야. 에이, 생각하던 거랑 달랐네."

엘리리야는 받아든 요도를 무관심하게 바라봤다.

"공포를 보여준다는 건 사실이다. 내가 직접 경험했으니까."

"거짓말하지 마. 그럼 왜 멀쩡해?"

"거짓말 따위 한 적 없다."

진은 의연한 태도로 엘리리야를 마주 봤다.

"흐응……."

엘리리야는 반신반의로, 그리고 살짝 즐거운 눈치로 진을 바라봤다.

"그래서 그대의 목표는 뭐였지?"

"아아, 그거? 이 칼을 쥔 사람이 엘리리야를 어떤 눈으로 보는지 궁금했을 뿐이야."

"그걸 나로 시험하고 싶었나."

"맞아. 네가 엘리리야를 가장 보지 않았으니까."

"그대가 무슨 말을 하는지 하나도 모르겠군."

목적도 이해할 수 없지만, 진이 엘리리야를 보지 않았다는 건 무슨 뜻일까. 호무라는 고개를 갸웃거렸다. 광장에서 제재 쇼가 열리던 때, 진은 보란 듯이 살기를 담은 시선을 보내고 있었다. 「가장 보지 않았다」라는 말과 모순됐다.

"너는 이해하지 못해도 엘리리야에게는 중요한 일이야."

엘리리야는 처음으로 진지한 표정을 보았다. 그 눈에는 강한 빛이 깃들어 있었다.

"아무튼 됐어. 기대하던 게 아니라면 이건 정말로 필요 없어."

하지만 필요 없다고 내민 칼을 받는 이는 당연히 아무도 없었다.

"그대 소유물 아닌가. 그대 손으로 처분해라."

진은 냉정해지려고 노력했지만, 말과 목소리에 가시가 있었다. 칼을 뽑지 않은 것만 해도 양반이지만.

"그럼 버릴까."

칼을 바다에 빠뜨리려는 엘리리야의 손에서 진은 그것을 거칠게 빼앗았다.

"그래그래, 처음부터 그랬으면 얼마나 좋아."

이를 드러내고 기쁘게 진의 얼굴을 들여다봤다.

사람을 바보 취급하는 것에도 정도가 있다. 하지만 기뻐하는 이유는 그밖에도 있었다.

"너, 이 요도가 왜 공포를 보여주는지 알아?"

"모른다."

"사람을 덮치게 해서 그 피를 빨기 위해서야. 마물로 변하는 것도 그 일환이겠지."

"그게 뭐 어쨌다고."

"그러니까 무슨 말이냐면—."

엘리리야는 능글맞게 뜸을 들였다.

"네가 완전히 매료되지 않은 거, 애초에 네가 피를 빨게 해주는 인간이라서 그래."

"아니야!"

진은 격앙했다.

이렇게까지 감정을 드러낸 진은 처음 봤다. 한순간 누가 고함을 질렀는지 알지 못했다.

"정말 그럴까? 보통은 칼을 뽑아 쥔 시점에서 매료된다고 들었어."

살인을 원하지는 않는다. 하지만 진은 요도를 쥐었을 때 분명히 이끌리는 느낌을 받았다. 그것 자체가 저주 때문인지, 단순한 착각인지, 한 번 더 쥐어 확인할 마음은 들지 않았다.

"너라면 쓸 수 있지 않을까? 이 『히사메(緋雨)』를."

그 말은 칭찬이 아니라 비웃음이었다.

8장 『워킹 죠스』

The Devil's Army, Decimated
By My Flame the World Bows Down

호무라 일행은 다시 해변에 와 있었다. 이번에는 놀러 온 게 아니라 일 때문이었다.

어촌에서 오렐리크로 돌아온 호무라 일행은 야간 순찰을 명령받았다. 어촌에서 기는 상어를 몇 마리 놓쳤으니까 엘리리야가 있는 도시 자체도 습격 대상이 될 수 있기 때문이었다.

항구 도시는 낮과 달리 숨소리마저 크게 들릴 만큼 적막했다. 지금은 닫힌 비늘창으로 새어 나온 빛만이 이 도시의 활기를 떠올리게 해줬다.

하늘에는 보름달이 떠서 생각보다 밝았다. 경계 임무에는 아주 좋은 밤이었다. 그리고 만약 무슨 일이 있으면 곳에 있는 광석등도 켜진다.

바다에 비친 보름달이 잔물결에 일렁였다. 무심결에 눈길을 빼앗기는 광경이지만, 지금은 오히려 불안을 자극했다. 애착을 가진 도시가 파괴될지도 모른다는 마음이 아름다운 경치를 불길한 징조처럼 보이게 했다.

그나저나 밤의 순찰을 개시하고 시간이 꽤 지났지만, 아무 일도 일어나지 않았다. 방심하면 안 되는 줄 알면서도 아무래도 긴장이 풀렸다.

"결국 그 애가 뭘 하고 싶었는지 잘 모르겠네요."

바다를 바라보면서 잡담에 빠졌다.

"생각해도 소용없다. 이해할 수 없는 인간은 수도 없이 있어."

"그건 그렇지만 왠지 신경 쓰여서요."

요도를 건넨 뒤, 결국 다른 컬렉션에는 눈길도 주지 않았다. 엘리리야는 정말로 처음부터 요도 히사메가 마음에 걸렸나 보다. 호무라 일행은 표착한 무구만 얼추 회수해 바로 도시로 돌아왔다.

"피에 굶주린 요도 히사메, 라……."

진은 허리에 찬 히사메에 손을 올렸다. 아직 요도에서 느껴지는 무언가를 확인할 마음의 준비는 되지 않았다.

해답은 하늘에서 저절로 떨어지지 않고 자신의 손으로 붙잡아야만 한다.

"그런데 진 씨, 그거 어떻게 할 거예요?"

호무라는 요도를 조심스레 봤다.

"일단은 주술원에 맡기겠다. 저주를 전문으로 다루는 곳이지?"

"맞아요, 우리한테는 주물의 스페셜리스트가 있어요!"

지인의 힘을 빌린다고 하자 호무라는 뿌듯해했다.

"마왕 퇴치 외에 할 일이 늘었군. 나는 요도를 찾겠어. 이런 악의에 찬 자가 요도를 한 자루만 만들었을 리 없으니까."

"앗, 듣고 보니. 그럼 이런 일이 또······."

어촌의 처참한 광경을 떠올렸다. 요도뿐 아니라 주물이 세상에 풀리면 관계없는 사람에게 재앙이 닥친다. 그건 있어서는 안 될 일이다. 특히 요도는 무기고, 처음부터 생명을 해할 목적으로 만들어졌다.

"당면 과제는 히사메를 만든 칼 장인을 처단하는 것. 실아 있다면 말이지. 화근을 없애야만 해."

호무라는 굳게 맹세하는 진의 얼굴을 봤다. 평소의 무뚝뚝한 얼굴이지만, 악에 대한 분노가 확실하게 느껴졌다. 평소의 표정과는 미묘하게 다를 뿐이었지만, 달빛뿐 아니라 **등대의 빛도 있어서** 잘 보였다.

"응······?"

심장이 뛰었다.

멀리 등대를 보자 꼭대기에 있는 거대한 광석이 찬란히 빛나고 있었다. 그것은 「혹시 모를 일」이 벌어졌을 때 들어오는 빛이었다.

"야, 저거 위험한 거 아니냐?"

사이코가 가리킨 곳에는 보고도 믿기 힘든 광경이 펼쳐졌다. 그것을 본 순간, 호무라 일행은 도시로 달리고 있었다.

바다를 가르고 전진하는 거친 칼날 무리. 그것은 항구를 향해서 맹렬하게 헤엄치는, 다 헤아릴 수 없는 숫자의 기는 상어 지느러미였다.

"역시 그 꼬맹이를 노리는 거야, 복수하려고! 그 녀석을 항구에 매달면 해결 아니야?!"

"아뇨, 사이코 씨가 새끼 상어를 괴롭혀서 왔을 가능성도 있어요!"

"그럴 리가 있냐! 야, 저거 내 탓 아니지?"

"일단 사과하세요! 같이 사과해 줄 테니까! 그래도 안 되면 머리라도 깨물게 해주고요!"

"괴롭힘은 말리지 않은 인간도 공범이야!"

"그래도 직접 괴롭힌 사람이 제일 나쁘거든요!"

호무라는 이 기회에 사이코를 제물로 바치려고 하지만, 사이코가 필사적으로 저항했다.

결국에는 종소리가 정적을 깼다. 마물의 습격을 알리는 경종이었다.

갑작스러운 습격이지만, 토레크와 대원들이 철저히 교육했기 때문인지, 주민들은 비명을 지르기는 하나 헤매지 않고 피난 장소로 달려갔다. 이미 많은 주민이 거대 풍차 안이나 성벽 위로 피난한 모습이 보였다. 성벽은 감시탑이나 성문 부근에서 올라갈 수 있는 듯했다.

인공섬 쪽으로 눈길을 돌리자 위순대가 상어 마수와 싸우고 있었다.

기는 상어 성체는 백상아리보다 더 크고, 겉면은 탄탄한 갑옷처럼 굳은 피골로 덮여 있었다.

숙련병은 어떻게든 마물을 격퇴하고 있었다. 그들이 가진 대검은 거대 상어의 몸통을 가르고 전투 망치는 머리를 깨부쉈다. 하지만 상대의 수가 너무 많았다. 숨통이 끊긴 동포를 헤치며 잇달아 밀려오는 마물 앞에서 대원들은 서서히 후퇴할 수밖에 없었다.

"먼저 가마."

"앗, 잠깐만!"

그 광경을 보고 진은 속도를 높여 홀로 앞서갔다. 프로토도 지면이 흔들릴 정도의 힘으로 땅을 차서 그 뒤를 따랐다.

점차 우세를 점하는 상어 군단은 여세를 몰아 인공섬과 도시를 잇는 대교로 몰려들…… 줄 알았는데 그러지는 않았다.

먼저 인공섬의 창고들을 파괴하기 시작한 것이다.

철문을 물어뜯고 돌벽을 들이박아 무너뜨렸다. 파괴 행위가 이루어질 때마다 굉음이 울려 퍼졌고, 호무라 일행의 피부가 바르르 떨렸다.

"응? 사람이 아니라 물자를 노리는 건가요?"

"뭔가 부자연스러운데."

사이코의 말대로 마수의 행동이 살짝 부자연스러웠다.

하지만 파괴 행위에 주력하는 덕분에 부상자를 철수시킬 시간이 생겨 다행이었다. 움직이지 못하는 자는 여력이 있는 대원이 데리고 도시 안쪽으로 도망쳤다. 그렇지만 태세를 재정비할 시간은 없었다. 상어 군단은 인공섬의 창고들을 모조리 박살 낸 뒤, 대교로 전진해 순식간에 도시 내부로 침입했다.

위순대는 후퇴하면서도 피난하는 주민을 지켰다. 진과 프로토도 기기에 가세해 마수를 베거나 박살 냈다.

마수들은 항구 지역을 빠져나가서도 대부분 파괴 행위에 주력했다. 그 덕분에 치명적인 상황은 벌어지지 않았고 아슬아슬하게 버틸 수 있었다.

"각자 할 수 있는 일을 해!"

습격 구역에 도착한 호무라 일행은 사이코의 호령과 함께 산개했다.

일행과 헤어진 호무라는 후퇴하는 대원을 엄호했다.

소수의 상어는 무리에서 빠져나와 도망치는 대원을 추격하고 있었다. 여유 있는 대원이 없어 그것을 막는 자는 적었다.

도망치다 늦은 대원을 물어뜯으려는 상어에게 호무라는 지팡이를 겨눴다.

"너희들만 없었으면 그 마을은! 이 샥스핀들이이이이이이이이이―!"

지팡이에서 뿜어진 화염이 상어를 집어삼켰다. 상어는 순식간에 검게 타 버려 땅에 엎어졌다. 뒤따르는 상어들도 한순간 움츠러들어 다리가 느려졌다.

"살았어, 고마워!"

호무라는 후퇴하는 대원들의 등을 보다가 다시 지팡이에 불을 불어넣었다.

적어도 손이 닿는 범위에서는 참극을 막아내겠다.

"자, 다음은 누가―."

"크아아아아아아아아아아아아아―!"

그때, 쓰러졌던 숯덩이 상어가 포효했다.

아직 죽지 않았냐고 생각할 틈도 없이, 눈앞에는 호무라의 몸을 씹어 먹으려는 아가리가 다가와 있었다. 마치 슬로 모션 영상을 보는 것처럼 예리한 이빨의 나열을 바라봤다.

죽음을 예감했을 때는 이미 눈을 감고 몸에 힘을 줄 수밖에 없었다. 눈앞이 새까매지고 물려죽기를 기다릴 뿐.

시간이 천천히 흘렀다. 기껏 두 번째 인생을 걷기 시작했는데. 제법 재미있게 지냈는데. 세 번째 인생은 있을까. 죽음이 찾아올 때까지 그런 태평한 생각을 했다.

하지만 아무리 기다려도 몸은 으깨지지 않았다.

지팡이가 돌바닥을 두드리는 소리가 들렸다. 몸에 힘을 줄 때 손에서 떨어진 모양이었다. 영원처럼 느껴지던 어둠의 시간은 놓친 지팡이가 바닥에 떨어지는 한순간에 불과했다.

호무라는 조심조심 눈을 떴다.

시야가 차츰 빛을 되찾았고, 그곳에는 한 전사가 서 있었다.

밤처럼 검고 견고한 갑옷. 투구에는 쇠뿔이 연상되는 늠름하게 굽은 뿔이 달렸다. 손에 쥔 것은 장식 하나 없는 투박한 대검이고 둔기로 착각할 만큼 무거운 쇳덩어리였다.

그 무구를 본 적이 있었다. 처음 주둔소를 방문했을 때, 대원들이 씻고 있었다. 지금은 다시 피 칠갑을 하여 수많은 마수를 처치했노라고 말해주고 있었다.

호무라는 문득 알아차렸다. 전사의 앞쪽에, 지금 자신에게 달려들던 상어가 머리부터 꼬리까지 두 동강이 나 있다는 것을.

"야아, 안 늦어서 다행이야. 괜찮니, 호무라?"

"그 목소리는…… 토레크 씨?"

좀처럼 믿어지지 않았다. 미덥지 못한 토레크의 모습을

도무지 눈앞의 중갑 전사와 겹쳐 볼 수 없었다.

"어이쿠, 지금은 이야기할 여유가 없었지."

토레크는 자기 키만 한 대검을 가볍게 휘두르며 연이어 상어를 처치했다.

"아저씨가 지켜주고 싶지만, 그 역할은 미래 유망한 신인에게 맡길게. 그럼 안녕!"

그렇게 말한 토레크는 상어를 베어 넘기면서 도시를 내려갔다.

미래 유망한 신인. 그건 그들밖에 없다.

"호무라, 무사했구나!"

"리안 씨!"

토레크와 교대하듯 아레스 부대가 도착했다.

후방에서 온 것을 보면 그들도 후퇴하는 대원을 엄호했었나 보다.

"아레스 님이 오셨으니까 이제 괜찮아! 여기서부터는 아레스 님이 마수를 전부 해치울 테니까!"

"그것까지는 무리야."

"맞아, 무리야! 아직 성장하는 중이니까! 그래도 내일은 가능하실 거야!"

"성장 속도가 무시무시하네요……."

자신만만하게 외치지만, 네 사람 모두 호흡이 거칠어 이미 격렬한 전투를 치렀음을 알 수 있었다.

아레스 일행은 자신들과 마찬가지로 첫 임무에서 가혹한 전장에 내던져졌다. 하지만 지금은 동정할 시간이 없었다. 할 수 있는 일은 해야만 한다.

호무라는 주변을 돌아봤다. 이 근처에는 소형 풍차가 일렬로 늘어서 있고, 도시 구조가 복잡한 오렐리크에선 보기 드문 옆으로 길고 넓은 길이 있었다.

"죄송해요, 풍차 날개를 떨어뜨릴 수 있나요?"

묘안이 떠올라서 궁병 소녀에게 협력을 구했다.

"이유는 모르겠지만, 맡겨줘!"

의도도 묻지 않고 소녀는 눈을 크게 뜨며 신속하게 화살을 메겼다.

대궁의 시위가 끼리릭 소리를 낸 직후, 바람을 가르는 소리와 함께 풍차 축이 튕겨 날아갔다. 축이 부서진 날개는 땅에 떨어져 와르르 부서졌다.

궁병 소녀는 차례대로 풍차를 부쉈고, 결국에는 길에 부서진 풍차 날개가 주르륵 늘어섰다.

"이만큼 있으면……!"

"이봐, 어떻게 할 생각이야?"

상황을 이해할 수 없어 아레스는 어리둥절하게 물었다.

"불벽을 만들어서 상어들을 막을 거예요! 그러니까 저를 지켜주세요!"

"이 길이로 벽을……? 아니, 알았어. 목숨 걸고 너를 지킬 테니까 너도 목숨 걸고 벽을 만들어!"

"네. 말 그대로 목숨 걸고 할게요. 그리고 제 상태가 이상해지면 망설이지 말고 죽이세요."

이번에는 트랜스 상태에 빠지지 않게 비책을 마련했지만, 얼마나 효과가 있을지 알 수 없었다.

"뭐? 무슨 말인지 모르겠는데, 제정신이야?"

"아, 역시 기절 정도로 부탁드릴게요……."

역시 죽는 건 무섭다.

미심쩍은 표정을 짓는 아레스 옆에서 호무라는 지팡이를 하늘 높이 들어 올렸다.

"지금부터 도망치려는 사람들, 미안해요! 열심히 살아남으세요!"

주문이 필요한 수준의 고난도 마술은 아니지만, 호무라는 기분을 고조시키기 위해서 머리에 떠오른 주문을 낭랑하게 외쳤다.

"《사납게 타오르는 화염의 장벽이여, 평화를 위협하는 악한 무리의 앞길을 막아서라!》"

그리고 들었던 지팡이를 물 흐르는 듯한 동작으로 옆에 내려놓고 싸늘한 돌바닥을 양손으로 짚었다.

"《홍련 감옥!》"

"지팡이는 왜 들었어!"

"기분 내려고요!"

실제로 호무라의 불은 기분에 따라서 화력이 좌우되므로 분위기 잡기는 중요했다.

땅에 닿은 손에서 불이 뿜어져 하늘로 치솟는 불기둥이 됐다. 그 불기둥은 늘어선 목재 파편을 따라서 좌우로 퍼져 거대한 불벽을 만들어냈다. 불소리가 울리고, 열기로 공기가 일렁거렸다. 보는 이로 하여금 공포마저 느끼게 하는 업화의 장벽.

호무라는 초능력으로 불을 뿜는 것은 특기지만, 그것을 마술로 조종하는 것은 능숙하지 않았다. 그래서 목재로 불길의 지향성을 정해 부담을 줄인 것이었다.

"어처구니가 없군……."

"네……. 이 규모의 마술은, 금 휘장을 넘어섰어요……."

성벽까지 닿을 법한 불벽에 압도되어 두 사람은 얼이 빠지고 말았다.

그런 두 사람을, 거한 전사와 궁병 소녀가 현실로 끌고 왔다.

"둘 다! 마물이 와!"

"내가 보이는 범위에서 12, 13마리는 오고 있어!"

궁병은 대궁을 짊어지고 가옥의 지붕에서 내다보고 있었다.

불벽에 가로막힌 상어는 눈치 빠르게 그 발생원을 파악하고 길을 맹렬히 달려왔다.

"미안해. 그럼 임무를 수행할까."

정신을 차린 아레스는 주문을 읊어 몸에 창뢰를 둘렀다. 우렁찬 소리를 내는 번개도 지금은 땅을 뒤흔들 듯한 불소리에 지워졌다.

"리안, 이 녀석을 맡아줘."

"네."

짧게 답한 리안은 눈을 감고 지팡이를 들어 주문을 외었다.

"《벽이여!》"

지팡이 끝에 달린 광석이 빛나고 호무라와 리안을 둘러싸는 빛의 장벽— 마장벽이 나타났다.

기는 상어는 마장벽을 깨려고 돌진을 반복하지만, 견고한 벽은 꿈쩍도 하지 않았다.

"고마워요, 리안 씨!"

"너도 그만 말 놓지 않을래? 이제 친구니까!"

"친구—."

그 말을 듣고 호무라의 가슴속에 따뜻한 불이 켜졌다. 자신은 언제부터 「친구」라고 부를 사람이 없어졌던가. 네 명의 「동료」와는 또 다른, 더 따스한 관계. 자신을 그렇게 생각해주는 것만으로 힘이 솟는 기분이었다.

"알았어요, 말 놓을게요!"

"아직 존댓말이잖아!"

"아앗, 죄송해요! 연하의 귀여운 아이 말고는 이 버릇이 안 빠져서……!"

"그게 무슨 뜻이야!"

마장벽 밖에서는 세 사람이 기는 상어를 퇴치하고 있었다.

바다 쪽에서 물밀듯 밀어닥치는 마물 무리. 뒤에는 화염 장벽. 퇴로는 없지만, 처음부터 물러날 생각은 없었다. 실전 경험이 적은 아레스 일행도 상어 마수 무리를 압도적인 실력으로 막아내고 있었다.

착실하게 마수의 수를 줄이지만, 연전에 연전이 거듭되며 체력 소모가 극심했다.

하지만 그때, 비명이 퍼졌다.

목소리가 난 방향으로 재빨리 눈을 돌리자 대원들이 궁지에 몰려 있었다. 오렐리크로 오는 길에 만난, 발톱 곰과 싸우던 동순 대원들이었다.

"《창뢰여, 꿰뚫어라!》"

아레스가 당장 칼끝을 상어에게 겨눠 주문을 외었다. 그 순간, 칼끝에서 눈부신 빛과 함께 섬전이 쏘아졌다. 창뢰의 창은 좁은 길을 밀치락달치락 전진하는 상어들을 꿰뚫어 격렬하게 감전시켰다.

"우오오오오오, 역시 너는 강하구나!"

"언젠가 『저 녀석은 내가 키웠다』라고 말해도 되냐!"

도움을 받은 대원은 입을 모아 아레스를 칭찬했다.

하지만 아레스에게는 대답할 여유가 없었다.

"다들, 잠깐 맡길게."

아레스는 몸에 두른 번개를 대부분 쏴 버렸다. 마술 연속 사용으로 심신이 지쳐, 거친 호흡을 내쉬며 한쪽 무릎을 꿇었다.

"맡겨줘!"

두 사람은 지체 없이 호응했다. 궁병 소녀는 마수의 다리를 쏴서 움직임을 둔화하고 거한은 손에 든 거대 도끼로 마수를 내리찍었다.

호무라 일행도 호흡을 맞춰 싸울 수는 있지만, 아레스 일행에 비할 바는 아니었다.

"후우, 어느 정도 일단락됐나."

마물의 흐름이 끊길 무렵, 일대는 속이 울렁거릴 만큼 피 냄새로 가득했다. 거한은 긴장을 풀지 않은 채 숨을 돌렸다. 하지만 그 휴식도 심호흡 한 번이 고작이었다.

"기쁜 소식이야~. 이쪽으로 몇 마리 더 오고 있어~."

진저리난다는 투로 전황을 보고하는 소녀. 그 말을 듣고 아레스는 천천히 일어섰다.

"얼마든지 오라고 해. 몇 마리가 오든 이곳은 못 지나가."

아레스가 두른 창뢰가 다시 맹렬한 기세를 되찾았다.

대원이 모두 빠지고 마물들이 빈 가옥을 파괴할 뿐인 구역. 츠츠미는 그곳에서 혼자 싸우고 있었다. 거리낌 없이 독가스를 살포하기 위해서도, 모습을 노출하지 않기 위해서도, 츠츠미는 전장을 골라야 했다.

츠츠미는 무너져 가는 가옥의 이 지붕, 저 지붕을 옮겨 다니며 독 안개를 뿌렸다.

"으응, 어쩌지……."

아래에는 독을 마시고도 우글거리는 상어 대군이 있었다.

독을 광범위하게 뿌리느라 농도를 떨어뜨린 탓에 상어들의 움직임은 다소 둔해졌으나 군세를 막을 수는 없었다.

"배고파……."

마수의 신음 합창에 츠츠미의 꼬르륵 소리가 섞였다. 독을 생성하기 위한 영양이 부족했다. 식사가 필요하다. 어제 먹은 꼬치구이를 떠올리자 침이 흘렀다.

눈앞의 마수를 먹고 싶어도 편하게 먹을 수 있는 상황이 아니었다. 어떻게 해야 할지 생각해도 배가 고파서 머리가 돌아가지 않았다.

"크아앙!"

츠츠미의 몸이 크게 흔들렸다. 어느새 츠츠미가 서 있는 건물까지 파괴의 물결이 밀려와 있었다.

"우와…… 아."

츠츠미는 휘청거리다가 발이 미끄러졌다. 거꾸로 뒤집힌 츠츠미가 상어 떼 사이로 떨어진다. 츠츠미는 아무 저항 없이 날카로운 이빨이 들어찬 입속으로 쏙 들어갔다.

강인한 턱이 덥석 닫혔다. 입으로 삐져나온 츠츠미의 한쪽 다리가 떨어져 돌바닥을 조그맣게 적셨다.

상어는 원래 사냥감을 먹을 생각이 없었지만, 먹이가 입속으로 뛰어든다면 얘기가 달랐다. 이 행운을 놓치지 않고 턱을 움직여 작은 소녀를 더 작게 분해하려고 시도했다.

―그때, 몸속에서 이변이 발생했다. 지금까지 경험한 적 없는 격통과 불쾌감이 동시에 상어를 덮친 것이다.

몸에 퍼진 마비 독이 무색할 만큼 상어는 격렬하게 몸부림쳤다. 주변에 있던 동포도 그 이변을 깨달았지만, 신경 쓰지 않고 파괴 행위를 이어가려고 다리를 움직였다.

상어는 삼켰던 이물질을 뱉으려고 몸을 뒤틀지만, 어느 샌가 안쪽으로 들어가 나올 기미가 없었다. 그러던 사이, 상어의 몸이 한 번 크게 튀어 올랐다. 상어는 소리를 내며 땅에 떨어졌고, 더 이상 움직이지 않았다.

숨이 끊겨 활동을 멈춘 상어는 복부만 부자연스럽게 꾸물거리고 있었다. 이물질이 배에서 날뛰는 것이 아니라, 마치 탐색이라도 하는 것처럼 천천히.

배는 얼마간 꾸물거리다가 갑자기 움직임이 달라졌다.

하얀 배가 내부에서 밀려나듯 팽창하기 시작했다. 복부 팽창은 서서히 돌기처럼 뾰족해지더니 피범벅인 소녀가 뱃가죽을 뚫고 튀어나왔다. 소녀의 몸에는 상처 하나 없었다. 부서졌던 뼈도, 찢어졌던 살도, 뜯겨 나간 다리도 이미 원상 복구 되었다.

"잘, 먹었습니다."

소녀는 예의 바르게 손바닥을 모으고 식사 인사를 마쳤다.

동포의 배를 찢고 나온 소녀를 보고 주변 상어들은 마침내 성가신 적이 있음을 파악했다.

하지만 이미 늦었다. 배를 채운 츠츠미가 나뭇가지 같은 날개를 활짝 펼쳤다. 츠츠미가 말라비틀어진 나무처럼 기묘한 모습으로 변하고 가지들이 한 번 크게 맥동한 직후, 주변 일대가 검은 안개에 휩싸였다.

고농도, 광범위로 살포된 독을 뒤집어쓴 상어들은 불과 몇 초 만에 움직일 수 없게 됐다. 특히 츠츠미 근처에서 독을 맞은 상어들은 잠들 듯이 죽음을 맞이했다.

이곳의 공세는 이미 충분히 저지했다. 츠츠미는 날개를 몸에 집어넣고 다음으로 갈 곳을 궁리했다.

"아, 지느러미, 먹어야지."

잡은 김에 상어의 등지느러미를 깨물었다. 츠츠미의 강인한 턱이 단단한 가죽으로 덮인 지느러미를 씹고 뜯었다. 단단한 식감을 넘어서자 오돌오돌 탄력 있는 식감이 나왔

다. 중독되는 식감이다. 맛은 잘 모르겠다.

"이게, 고급 식재료……!"

식재료는 조리되어야 의미가 있지만, 츠츠미는 신경 쓰지 않았다.

"오, 역시 여기 있었냐, 츠츠미."

츠츠미가 미식을 즐기는데 검은 안개를 뚫고 사이코가 나타났다.

"독, 괜찮아……?"

"사전에 해독 마술을 쓰면 버틸 수 있어."

"흐음."

츠츠미는 떨어져 있던 한쪽 신발을 주워 **내용물**을 꺼내고, 벗겨진 마스크를 상어 배 속에서 꺼냈다.

"뭐 하러, 왔어?"

"그야 우리 막내가 얼마나 열심히 하는지 보러 왔지."

"정말?"

사이코는 피로 젖은 츠츠미의 머리를 거칠게 만졌다.

"안쪽에서 부상자를 치료했는데 효과가 너무 강해서 『성녀』라느니 뭐니 떠드는 거야. 소름 끼쳐서 견딜 수가 있어야지."

교회와 피난처에는 부상자가 많이 실려 왔다. 사이코는 이 도시의 신관보다 훨씬 요령 있고 효과적인 치유 마술로 그들을 치유했고 지겹도록 감사의 말을 들었다. 당연히 성인군자 엿 먹어라, 라고 생각하는 사이코에게는 고통의 시간이었다.

"괜찮아, 사이코가 쓰레기라는 거, 아니까⋯⋯!"

"어쩜 이렇게 예쁜 말을 하냐, 너는."

감개무량하게 고개를 끄덕였다.

"그런 착한 아이에게 데이트 권유야. 잠시 항구까지 가자, 최고급 택시를 타고."

그렇게 말하고 사이코는 옆에 굴러다니는 두 상어 사체에 손을 댔다. 사이코의 손이 빛나더니 사체가 조각조각 분해되어 서로 다시 연결됐다.

이건 사이코가 치유 마술을 응용해 고안한 합성 마수 창조 마술이었다. 영혼의 잔재를 패치워크처럼 이어 붙여 새로운 크리처로 변모시키는 마술. 죽은 자의 영혼을 모독하는 행위는 금기이므로 발각되면 엄벌은 피할 수 없다.

사체와 사체는 순식간에 다른 『무언가』로 변해 버렸다.

그리고 사이코가 그 이름을 불렀다.

"자, 타! 이 『더블 헤드 좀비 샤크』에!"

한때 「다리가 난 상어」였던 것은 「머리 두 개에 다리가 난 상어」로 재탄생했다. 몸도 한층 커져서 올라타기도 편했다.

츠츠미는 등 지느러미를 붙잡은 사이코에게 꽉 매달렸다.

"자, 가자! 사메타로!"

바로 이름을 개명당한 쌍두 기는 상어는 엔진 소리처럼 신음하며 사이코의 명령대로 맹진격했다.

땅이 흔들릴 정도의 진격이었지만, 생각지도 않은 문제점이 있었다. 힘찬 흔들림이 그대로 엉덩이를 타격한 것이다. 최고급 택시는 넓고 앉기는 편했지만, 승차감은 최악이었다.

형태가 달라지고 등에 인간을 태운 상어는 더 이상 동포로 보지 않는지, 기는 상어들이 덤벼들었다.

하지만 사메타로는 아랑곳하지 않고 두 개의 머리로 그들을 받아쳤다. 오른쪽에서 공격하면 오른쪽 머리로 물어뜯고 왼쪽에서 공격하면 왼쪽 머리로 들이박는다. 다만, 정면에서 오는 공격에는 반격하기가 조금 어려웠다.

"왜…… 머리, 두 개야?"

"공격력이 두 배가 돼."

"우와……! 그거 말고, 장점은……?"

"나도 몰라."

사이코도 잘 몰랐다. 아무렇게나 만들어서 아무 말이나 할 뿐이었다.

잘 모르는 채로, 잘 모르는 것을 타고, 두 사람은 항구로 가는 길을 뚫었다.

상어 택시는 인공섬으로 이어지는 대교에 도착하자 서서

히 실속하더니 결국 움직임을 멈췄다.

"연료가 떨어졌나. 뭐, 여기까지 왔으면 충분하지."

사이코가 만든 합성 마수는 영혼의 잔재를 이용해 만들지만, 그것을 연료로도 사용했다. 요컨대 사체를 억지로 움직이는 것에 불과하므로 연료가 끊기면 「그냥 시체」였다.

두 사람은 움직이지 않는 택시에서 내려 앞서가는 두 사람의 뒤를 쫓았다.

"안녕, 너희도 여기로 왔냐?"

진과 프로토가 돌아봤다.

"범상치 않은 기운이 느껴져서 말이지."

"으엑, 또 괴상한 거 만들었어?"

네 사람 — 정확히는 사정도 모른 채 끌려온 츠츠미를 제외한 세 사람 — 의 목적은 같았다.

진조차 「범상치 않은 기운」이라고 말하는 적을 만나기 위해서였다. 분명 이 습격의 주범이며 도시를 파괴하는 기는 상어들과는 비교가 되지 않을 만큼 강하다. 비록 거리는 멀었지만, 그 힘은 도시 곳곳에서 보였다.

그리고 그런 범상치 않는 한 명과 한 마리를 단 홀로 막는 자가 눈앞에 있었다.

하지만 그 용기 있는 자는 대검을 땅에 꽂고, 거기에 기대어 가까스로 일어선 상황이었다.

"야, 손 좀 빌려줘?"

사이코는 대교 끝을 지키는 검은 갑옷 전사에게 말을 걸었다.

"그래주면 고맙지. 안 그래도 지금 하나 잃었거든."

왼팔이 있어야 할 곳에 왼팔이 없었다. 갑옷은 어깨 부분부터 깨끗하게 잘렸고 그곳으로 피가 넘쳐흘렀다.

"뭐야, 아저씨였어?"

토레크는 중상을 입으면서도 이 앞으로는 갈 수 없다며 적을 막아서고 있었다. 농담을 할 기력은 있나 보지만, 이미 한계를 맞이한 것은 누가 봐도 알 수 있었다.

사이코는 바로 치유 마술을 외어 출혈을 막았다.

"햐아, 쟤들 보통이 아니네."

바다를 등진 마족 소녀와 거대 마수를 달빛이 비추고 있었다.

"너무 따분해서 죽는 줄 알았어, 아저씨."

마족 소녀가 토레크의 왼팔을 하늘로 던지자 마수는 거구를 들어 그것을 삼켰다.

소녀는 상어를 의인화한 듯한 마족이고, 가슴과 허리를 천으로 감쌌을 뿐이었다. 노출된 피부는 흰색과 청회색의 두 가지 색조로 이루어졌고, 유연하고 강인한 근육이 드러나 있었다. 그리고 가학적인 미소로 엿보이는 이빨은 상어처럼 날카로웠다.

토레크가 책으로 보여준 것과 닮았지만, 실물의 팔다리

는 비늘이 모여 굳은 갑각에 싸여 있었다.

"너희는 씹는 맛이 있겠지! 우리를 즐겁게 해 봐!"

흥분했는지, 허리 뒤로 자란 꼬리로 땅을 내리쳤다.

한편, 소녀 옆에서 으르렁거리는 거대 마수는 초대형 기는 상어였다. 발톱 곰을 한입에 꿀꺽 삼킬 정도의 크기로, 보통 기는 상어보다 튼튼한 외피에 둘러싸였다. 그야말로 진짜 갑옷을 두른 것 같은 두께의 껍데기였다.

마족 소녀에게는 상처 하나 없지만, 거대 마수의 머리에는 크게 금이 가 있었다. 그래도 두꺼운 외피를 깼을 뿐이고 깊은 상처는 주지 못했다.

"그래서 너희는 뭐야? 뭐 하러 왔어?"

갑작스러운 습격자에게 사이코가 물었다. 이런 대규모 침공이라면 대단한 목적이 있을 것이다.

"그렇게 묻는다면 이렇게 대답해주지."

그리고 소녀는 기세 좋게 외쳤다.

"마왕님의 명령으로 너희 인간들의 세계를 쳐부수러 왔을 뿐이다!"

생각지도 못한 대답에 듣는 사람은 모두 경악했다.

"마왕의 부하인가?"

"마왕군의 재기를 화려하게 장식할 선봉 대장님이시다."

또 다시 등장한 마왕과 관련된 존재. 심지어 루트루드와 달리 명령을 받고 있었다. 이야기가 진행됐다며 사이코는 내심 즐거워했다.

"난감하네, 설마 정말로 마왕이 재래했다니……."

토레크는 암담한 심정으로 중얼거렸다. 지금 이곳이 역사의 분기점이었다.

"그런 것보다 빨리 싸우자."

소녀는 대담하게 웃고 삼지창을 들었다.

"다섯 명 동시에 덤벼도 돼."

그렇게 큰소리치는 것은 자신감의 표현이었다. 실제로 금순 대원인 토레크를 여유롭게 몰아세웠다. 다섯 명을 동시에 상대하겠다는 말도 허세라고 단정 짓기 어려웠다.

하지만 토레크를 제외한 네 명은 각자가 하고 싶은 대로 싸우는 편이 강하다고 알고 있었다.

"나는 이쪽을 맡지. 프로토, 그대는 그쪽을 맡아주겠나?"

"네네, 나는 큰 놈 담당."

두 사람은 서로 주먹을 맞대고 저마다의 적 앞에 섰다.

"우리는 방해되니까 끼지 말자."

"응……!"

기는 상어 몇 마리가 대교 건너편에서 달려오고 있었다.

"제대로 싸우지도 못하는 아저씨가 말하기도 그런데, 정말로 괜찮아?"

"글쎄? 그냥 우리는 자기 방식대로 싸울 때가 더 강해. 방해하지 마라?"

"이게 젊음인가……. 아저씨는 그런 눈부신 건 어딘가에 두고 왔어."

토레크는 구시렁대며 땅에 꽂았던 대검을 뽑아 어깨에 걸쳤다. 그 눈에는 선명한 결의의 빛이 깃들어 있었다.

"그래도 젊은이에게 길을 깔아주는 게 어른의 역할. 할 수 있는 일은 해야지."

토레크가 도시 쪽으로 눈을 돌리자 여전히 기는 상어가 건물을 파괴하고 있었다. 젊은이에게만 강적을 맡기자니 마음이 괴로웠지만, 손이 있어도 체력이 부족했다. 격렬한 전투를 이어가기는 어려웠다. 그래도 할 수 있는 일은 있다. 그러기 위해서는 거치적거리는 잔챙이 마수를 쓸어버려야만 했다.

"뭘 하려는지는 몰라도 손이 부족하잖아?"

"빌려주는 건 고맙지만, 너희는 여기를 지켜줘."

"그게 아니지. 빌려주는 게 아니라 만드는 거야."

"만들어……?"

토레크는 고개를 갸웃거렸다. 치유 마술 중에서도 최상급, 소실된 육체를 재현하는 마술을 쓰려는 것일까? 아니, 그렇다면 섬검대에 있을 리가 없다. 교회가 반드시 뽑아갔을 것이다.

"아저씨는 운이 좋아. 재료가 주변에 산더미처럼 있고 재생 능력이 뛰어난 소재도 있어."

사이코는 담담하게 설명 아닌 설명을 했다.

"미안, 아저씨는 무슨 소리인지— 웃는 게 무서워, 웃는 게 무서워!"

"괜찮아, 안심해. 아주 조금, 일부분만 인간이길 포기할 뿐이야."

매드 사이언티스트는 즐겁게 웃었다.

9장 『교멸(鮫滅)의 칼날』

The Devil's Army, Decimated
By My Flame the World Bows Down

"네가 내 상대냐."

상어 마족 소녀는 삼지창 끝을 진에게 겨눴다.

삼지창은 키가 큰 마족 소녀보다 더 길었다. 세 갈래로 나뉜 창날 중 좌우는 바깥쪽으로 완만하게 휘었고 가장자리는 날카로웠다. 그 특징적인 창날이 찌르기 공격과 베기 공격을 모두 가능케 했다.

하지만 흉악한 무기보다 신경 쓰이는 점이 하나 있었다.

"칼을 맞대기 전에 하나만 묻고 싶다."

"말해 봐……."

"도시를 공격한 이유가 뭐지?"

씻을 수 없는 위화감.

"방금 말했잖아. 너희를 쳐부수러 왔다고."

그 말이 맞다면 마왕의 명령에 따른 침략. 하지만 진은 그녀가 누군가의 명령으로만 움직인다고 생각하기 어려웠다. 그렇다고 보복 목적으로 습격했다고도 생각하지 않았다. 동료인 마수를 죽인 장본인을 찾지 않는 것도 그 생각

엘리리아

을 뒷받침했다.

진은 소녀의 눈을 똑바로 봤다. 그 눈에는 몇 번이나 본 강한 빛이 깃들었다. 확고한 의지로 무언가를 이루려는 자의 눈이었다. 진짜 목적은 그 앞에 있다. 진은 그렇게 느꼈다.

"역시 솔직하게 말하지는 않나……."

부질없는 문답이었다고 진은 눈을 내리깔았다.

"조잘조잘 말이 많아! 거짓말이라고 생각하면 힘으로 불게 해 보시지, 할 수 있다면 말이야!"

거짓말을 한다고 자백하는 꼴이었지만, 소녀는 신경 쓰지 않았다.

"그러지. 입을 열 준비를 해 둬라."

"좋지!"

도발했는데도 불구하고 소녀의 얼굴에는 희색이 역력히 드러났다. 도시를 습격한 이유와는 별개로 원래 싸움을 좋아하는 것 같았다.

진은 칼을 뽑았다. 검은 칼날은 달빛에 젖어 둔탁한 빛을 흘렸다.

서로의 무기를 들고 노려본다. 팽팽한 긴장이 살을 찔렀다.

전투의 시작을 알리듯 거대 상어의 포효가 울려 퍼졌다. 그것을 신호로 진이 땅을 기듯 저자세로 달려갔다.

순식간에 거리가 줄어든다.

하지만 진이 마족 소녀의 안쪽으로 파고들기 전에 소녀

는 진의 어깻죽지를 노리고 창을 정확히 지르고 있었다. 긴 자루를 살린, 상대의 공격권을 벗어난 일방적인 공격. 진은 몸을 비틀어 간발의 차로 창을 피했다. 그리고 속도를 줄이지 않고 팔을 노려 올려 벴다.

하지만 그 칼날은 닿지 않고 진이 날아갔다. 소녀는 진이 창을 피한 직후, 이미 자루를 휘두르고 있었다. 위로 퍼올린 자루는 그대로 진의 배를 강타했다.

진은 공중에서 몸을 비틀어 소리도 내지 않고 착지했다. 일어서려고 다리에 힘을 주지만, 너무 고통이 심해 한순간 일어서지 못했다. 창 자루로 얻어맞은 배에는 둔한 통증이 남아 있었다.

한 방에 끝낼 생각도 없진 않았지만, 이렇게까지 깔끔하게 반격당할 줄은 생각하지 못했다. 근력뿐 아니라 반응 속도도 상대가 위라고 진은 확신했다.

"칼 솜씨가 제법 좋은데. 너, 이름은?"

소녀는 상대방의 역량을 인정하고 이름을 요구했다.

"진."

"그래? 좋은 이름이야. 나는 나쟈─《거친 바다의 전투 공주 나쟈》다!"

"나쟈인가. 기억했다."

서로 자세를 고쳤다.

힘으로 꺾을 수 있는 상대가 아니라서 억지로 틈을 만들기는 어렵다. 승리의 실마리를 잡으려면 상대를 관찰할 수밖에 없다. 진에게 이건 눈과 기술의 싸움이었다.

호흡을 정돈하고 다시 시선을 맞췄다.

진은 한 번 더 달려들었다. 더 빠르게, 하지만 세세한 곳까지 놓치지 않도록 신중하게.

이번에는 휘두르기 공격이 들어왔다. 바람을 가르는 소리만 들어도 정통으로 맞으면 몸통이 잘려 나갈 것이라는 예감이 들었다.

창날이 닿기 직전, 진은 속도를 떨어뜨렸다. 창이 허공을 갈랐다.

하지만 진이 나쟈의 품으로 들어가는 것보다 빠르게 창이 반대 방향에서 다시 들어왔다.

반격을 예측하고 깊이 들어갈 생각도 없었던 진은 날아드는 창 자루를 차서 그 자리를 피했다.

나쟈는 진에게 웃어 보였다. 그 웃음에는 강자의 여유, 우월감이 숨김없이 드러나 있었다.

"너, 재미있게 움직이는데."

"마음에 들었다니 고맙군."

진은 그 후로 두 번, 세 번 달려들었다.

바람을 가르는 삼지창을 피해 틈만 있으면 파고든다. 하지만 한 번도 치명적인 공격은 하지 못한 채 거리를 뒀다. 서로 작은 상처를 입으며 시간만 계속 흘러갔다.

이것은 어떤 작전을 위한 준비였다. 아직은 칼날이 닿지 않아도 된다.

"역시 목숨 건 전투는 재미있어! 너도 그렇게 생각하지? 쪼잔한 탐색전은 관두고 더 과감하게 들어와 봐, 머리를 날려줄 테니까!"

나쟈는 웃었다.

작전을 위해서 깊이 파고들지 않은 것은 간파당했다. 하지만 지금 깊이 파고들면 나쟈의 말이 현실이 될 것이다.

상대는 거칠어 보이면서도 냉정하게 싸움을 보고 있었다. 신중을 기해야 한다.

자신도 냉정해질 필요가 있다. 하지만 그렇게 생각하는 진의 마음을 흔드는 말이 있었다.

"살인에 즐거움은 필요 없다."

"그런 것치고는 즐거워 보이는데……."

나쟈의 지적에 진은 입가를 감췄다.

"아니야……."

"답답하게 사네. 더 자기 자신에게 솔직해지면 즐거울걸?"

"이미 충분히 솔직하다."

그 말에 냉정하던 나쟈가 짜증을 냈다.

"그러냐……."

흐트러진 마음을 진정시키려고 진은 심호흡했다.

그리고 다시 싸움이 시작됐다.

지금까지 그랬듯 진은 달려갔다. 나쟈는 짜증은 났지만, 방심하지 않고 받아칠 준비를 했다.

고속으로 접근해 벤다. 나쟈에게는 똑같은 공격의 반복처럼 보이겠지만, 순식간에 거리를 좁히는 이때, 진은 그 묘기를 선보였다.

나쟈의 공격권으로 들어가기 직전, 진은 땅을 박차는 발에 순간적으로 강하게 힘을 줬다.

단지 그뿐이지만, 나쟈의 눈에는 진이 갑자기 코앞에 나타난 것처럼 보여 어안이 벙벙했다.

진은 그 틈을 찔러 나쟈의 팔을 베려고 칼을 올려 벴다.

날카로운 칼날이 살을 자르고 뼈를 끊으리라고 생각한 그때, 진의 손에 저릿한 충격이 전해졌다.

"위험해라!"

진의 칼은 나쟈의 팔 갑각에 막혀 있었다. 갑각에는 얇은 홈이 파였을 뿐이었다. 상상을 능가한 단단함에 진의 눈이 커졌다. 어지간한 금속 갑옷보다 단단하다.

곧바로 냉정을 되찾고 칼을 튕겨낸 나쟈는 품으로 파고든 진을 붙잡으려고 했다.

진은 이번에도 가볍게 피해 뒤로 물러났다.

"지금 그건 뭐냐? 뭘 한 거야?"

"그냥 달리고, 그냥 칼을 휘둘렀을 뿐이다."

"하, 재미있네."

나쟈의 얼굴이 다시 희열로 일그러진 미소로 돌아왔다. 그녀에게는 위기도 즐거움의 일부였다.

조금 전 진의 설명은 정확하지 않았다. 정확히는 나쟈가 눈을 깜빡인 순간에 속도 변화를 줘서 거리감에 혼동을 준 것이었다.

눈을 깜빡이는 타이밍, 시간에는 개인차가 있다. 진은 지금까지 합을 주고받으며 나쟈의 눈 깜빡임 버릇을 파악했었다.

적이 상대의 움직임을 간파하려고 집중하면 할수록 의식 밖에서 일어난 일에 당황한다. 그저 움직임의 버릇을 파악하고 허를 찌른다. 그것이 바로 진의 작전. 그것은 진이 암살을 생업으로 살아오며 자연스럽게 익힌 기술이었다.

"이번에는 내가 간다. 너무 쉽게 죽지는 마라."

"선처하지."

나쟈는 창을 치켜들고 단숨에 거리를 좁혔다. 그 속도는 진과 비교가 되지 않게 빨랐다.

물러날 틈도 없이 창의 공격권까지 들어온 진은 상체를 젖히며 칼로 창을 막을 수밖에 없었다.

거슬리는 쇳소리가 울리고 눈앞에서 불똥이 튄다.

간발의 차이로 회피. 하지만 휘두르기 공격의 직격은 면했으나, 완벽하게 대처하지 못한 진은 반동으로 날아갔다.

돌바닥 위를 구르며 낙법을 취하지만, 자세를 가다듬을

새도 없이 나쟈의 찌르기 공격이 날아들었다.

진은 땅을 미끄러지다시피 나쟈의 품으로 뛰어들어 피했다. 삼지창은 돌로 단단하게 포장된 지면까지 뚫으며 돌 파편을 날렸다.

"드디어 괜찮은 한 방을 먹였군."

나쟈가 창을 뽑는 동시에 허벅지에서 피가 흐르기 시작했다. 진이 스쳐 지나가며 나쟈의 허벅지를 벤 것이었다.

나쟈의 사지 중 일부는 단단한 갑각이 보호하지만, 그렇지 않은 부위는 칼이 들어갔다. 상처는 얕지 않지만, 이걸로 기동력이 깎였을지는 의심스러웠다.

하지만 적어도 지금까지처럼 맹렬한 공세를 퍼붓지는 못할 것이다. 그렇게 생각해 진은 단숨에 밀어붙이기로 했다.

……그때, 묘한 소리가 들렸다. 그 소리가 귀에 들어오자마자 이곳에 머물면 위험하다고 근거도 없이 직감했고 거의 무의식중에 발에 힘이 들어갔다. 하지만 이미 **뭔가**는 날아들고 있었다.

그 **뭔가**가 옆구리를 스쳤다. 하지만 느껴지는 통증은 스친 정도가 아니었다. 찌르는 듯 날카롭고 뜨거운 고통이었다.

확인하니 왼쪽 옆구리에 새끼손가락보다 작은 구멍이 나 있었다. 구멍에서는 피가 흘러 옷으로 번져 나갔다.

"말하지 않았지만, 나는 이런 마술도 써."

나쟈 주변에 물이 둥둥 떠다녔다.

"조금 놀아줄까 했는데, 진심으로 하지 않으면 비켜줄 것 같지 않아서 말이야."

공중에 뜬 물덩이 하나가 뱀처럼 꾸물거리더니 눈에 보이지 않는 속도로 진을 향해 사출됐다.

이번에야말로 진은 피했다. 물창의 움직임은 직선적이라서 피하기 쉬웠다. 다만, 맞으면 몸을 종잇장처럼 관통하는 위력이 있었다.

나쟈 주위를 떠다니는 물덩이는 앞으로 두 개. 그리고 작은 물덩이가 하나 생기고 있었다. 날릴 수 있는 양의 물을 충전하려면 시간이 걸리는 듯했다.

거리를 벌리면 물창이 날아든다. 지금까지 한 것처럼 태세를 정비할 여유는 없었다.

고를 수 있는 선택지는 하나.

진은 단숨에 나쟈에게 육박했다. 물창이 뺨을 도려내도 상관하지 않고 나쟈에게로 접근했다. 물창은 앞으로 한 발. 다음은 삼지창 휘두르기가 날아오지만, 눈 깜빡임에 맞춰 더욱 파고들었다.

나쟈는 강력한 마술을 선보였으나, 다리에 입은 상처로 집중이 흐트러져 마술의 정밀도는 나빴다. 게다가 창과 마술을 동시에 구사하는 만큼 움직임이 살짝 둔해졌다.

공격을 간발의 차로 피하고 팔을 노리며 칼을 휘두른다. ……그러나 나쟈도 간발의 차로 몸을 비틀어 깊은 상처를 피했다.

상어 피부가 얇게 찢어지며 피가 한 줄기 뛰었다.

"얃나—!"

험악해진 진의 얼굴로 곧바로 발차기가 날아왔다. 나쟈가 몸을 비튼 기세를 발차기로 이은 것이었다.

깊이 베인 발로 공격할 줄 몰랐던 진은 퍼뜩 칼날로 방어했다. 부상을 입었다고는 생각하기 어려울 만큼 발차기의 충격은 대단해 진을 멀찍이 날려 버렸다.

낙법조차 쓰지 못하고 바닥에 격돌한 진은 그 여세로 굴러갔다. 옆구리에 벌어진 구멍에서는 피가 뿜어져 돌바닥에 붉은 무늬를 그렸다.

진은 휘청거리면서도 일어났다. 등을 강하게 부딪쳐 제대로 숨을 쉴 수 없었다. 더불어 팔다리에는 힘이 잘 들어가지 않아 자세를 잡지도 못했다.

그리고 무엇보다 칼이 반으로 부러졌다.

땅에 흩어진 검은 칼날을 내려다봤다.

"하필 여기서."

언젠가 부러질 거라고는 생각했다. 그래서 대신할 무기를 찾고 있었다.

여기서 쓰러지면 동료가 위험에 처한다. 설마 그런 상황에서 부러질 줄이야. 진은 부러진 칼을 원망하지 않고 자신의 힘이 부족했다는 자책감에 이를 갈았다.

하지만 이 궁지를 타개할 단 하나의 가능성이 지금 허리에 있었다.

"쓸 수밖에, 없나……."

손에 남은 것은 요도 히사메.

여기서 뽑지 않으면, 끝난다. 그래도 그 자루를 쥔 손이 떨렸다.

"뭐야? 그거 안 쓰냐?"

나쟈는 진의 망설임을 빠르게 눈치챘다.

"쓰지 않겠다면 안 써도 돼. 너를 죽이고 빨리 인간들을 사냥하러 가면 될 뿐이니까."

도발하듯 무심한 말투. 하지만 거짓말은 하지 않았다.

"우선은 저기서 싸우는 두 명을 죽일까. 둘 다 약해 보이네."

나쟈는 걸음을 돌려 창끝으로 사이코와 츠츠미를 가리켰다. 두 사람은 진과 프로토가 싸움에 전념할 수 있게 필사적으로 마수 무리를 막고 있었다.

자기 몸 하나를 걱정할 때가 아니다.

"그렇게는 안 돼."

동료를 지키기 위해 진은 히사메를 뽑았다.

"확실히 이쪽이 나한테 적임이지만, 이걸 어떻게 이겨야 해?"

프로토는 대치한 거대 상어를 올려다보며 중얼거렸다.

창고들이 전부 파괴되어 주변은 잔해투성이었다.

"도망치고 싶다—."

발밑에 있던 돌 파편을 찼다.

눈앞에 있는 마수는 보는 이를 압도할 만큼 거대했다. 마치 바위산을 상대하는 느낌이었다. 상대하는 것 자체가 멍청한 짓이라는 생각이 머리를 맴돌았다.

어지간한 공격으로는 상처 하나 날 것 같지 않았다. 그리고 상대의 공격은 프로토를 두부처럼 으깰 것이다. 그렇다면 초경도를 자랑하는 본체에 이빨이 닿을지도 모른다.

"그래도……."

그래도 프로토는 물러서지 않고 전투 망치를 들었다.

"일단 해 볼까. 나한테 대든 걸 후회하게 해줄게."

"크아아아아아아아아아—!"

그렇게 허풍을 떠는 프로토에게 마물이 포효했다. 땅을 흔들릴 정도의 울림이었다. 그 폭력적인 음량은 프로토의 청각 센서가 감지하지 못하고 노이즈가 되어 감각 영역을 덮쳤다.

마수가 인간의 말을 이해할 리 없지만, 눈앞의 왜소한 존재가 거만하게도 자신을 해치우겠다고 떠들었다고 이해한 것이었다.

"상어도 짖는구나. 처음 알았—어!"

프로토는 주눅 들지 않고 기습적으로 달려들었다. 땅을 박찬 다리가 돌바닥을 깨고 파편이 튀었다.

공중에서 프로토는 가동 영역의 한계까지 몸을 비틀었다. 그 기세를 실어 휘두른 전투 망치는 마수의 흉악한 옆얼굴을 때렸다.

단단한 물건이 부딪치는 둔탁한 소리가 울리고 상어는 몸이 뒤로 젖히듯 튕겼다.

"어떠냐!"

제대로 먹혔다. 그렇게 생각했는데 프로토의 시야가 갑자기 노이즈로 뒤덮였다.

엄청난 충격이 덮쳤다. 그건 인식했다. 하지만 충격의 정체는 알 수 없었다. 강렬한 일격이 덮친 뒤, 땅에 튕겨 구르는 듯한 충격이 전해졌다.

시각 센서의 이상은 빠르게 수정됐지만, 그건 지금 공격이 순식간에 벌어졌다는 증명이었다.

정상화된 시야에는 상어가 휘두른 꼬리가 비쳤다.

거대 상어는 프로토에게 공격당한 직후에 반격한 것이다. 게다가 즉석에서 반격했다는 말인즉, 전투 망치로 얼어맞고도 별 타격이 없었다는 뜻이다.

"아프네, 진짜! 통각은 없지만!"

낙법 없이 먼 거리를 날아간 프로토는 일어나자마자 투덜거렸다.

"어휴, 적임이긴 하지만, 손해 보는 역할이라니까…….
더 쉬운 상대가 좋은데."

프로토는 진처럼 노련하게 움직이지는 못하지만, 힘껏 두들기는 것 하나는 특기였다. 이곳에서 이 거대 마수를 상대로 가장 승산이 높은 건 자신이다. 프로토는 그렇게 자부했다. 하지만 승산이 있다고 해도 승리의 실마리는 너무나 가늘어 조금만 실수해도 금방 끊어져 버린다.

프로토는 떨어뜨린 망치를 주우려다가 몸이 잘 움직이지 않는다고 깨달았다. 갑옷이 구부러져 가동 부위가 망가진 모양이었다.

"어쩔 수 없지, 벗을까……."

한숨 쉬며 투구와 갑옷을 벗었다.

프로토에게 갑옷이란 모습을 감추고 리치를 늘리기 위한 도구에 불과했다. 그리고 거대한 상대에게는 손끝이 조금 늘어난 정도로는 아무 의미가 없었다.

소녀형 외장의 오른쪽 손목 부분을 열고 그 틈새로 와이어를 뻗어 전투 망치를 휘감았다. 무기를 말 그대로 「신체 일부」로 삼아 휘두르기 쉽고 손에서 빠져나가지 않게 하려는 조치였다.

거대 상어가 천천히 프로토에게 다가왔다. 한 걸음을 내디딜 때마다 땅이 울리고 잔해가 튀어 올랐다.

"한 대로 소용없다면— 통할 때까지 패면 되지!"

프로토가 선택할 수 있는 전법은 단 하나, 구타였다.

이번에는 도움닫기를 했다. 그저 속도를 실었을 뿐인, 단순하고 강력한 일격을 노린다. 표적과의 사이에 장애물은 없었다. 일직선으로 달리기에 최적의 장소였다.

한 걸음 디딜 때마다 출력을 높여 발이 돌바닥을 깨부쉈다. 동력이 공간에 간섭해 눈부신 빛과 새된 소리를 발했다. 밤의 항구를 달리는 모습은 흡사 한 줄기 유성 같았다.

방금 응수로 프로토를 얕봤는지 마수는 피하는 시늉도 하지 않았다. 한 번뿐인 절호의 기회. 이 일격으로 틈을 만들지 못하면 승기 따위 잡을 수 없다.

유성 같은 속도로 뛰어오르고 공중에서 몸을 비틀자 속도는 더욱 빨라졌다.

우렁찬 타격음.

폭발적인 위력의 타격은 마물의 코끝을 힘차게 튕겨냈다. 그리고 어렴풋이 무언가 부서지는 소리도 들렸다.

이번에는 정말 제대로 먹혔다. 코끝의 외피가 갈라진 것이 보였다. ……하지만 프로토가 낸 상처는 토레크의 일격으로 생긴 상처보다 훨씬 작았다.

"에엥?! 너무 단단하잖아!"

착지한 프로토는 거대 마수의 머리에 난 두 상처를 비교했다.

"이런 녀석을 부하로 부리는 그 상어녀, 얼마나 강한 거야?"

토레크의 역량, 거대 마수의 견고함. 그보다 더 강한 마족 소녀에 관해 생각했다.

"그래도…… 통했어!"

그렇다고 프로토는 멈추지 않는다.

기다리지 않고 다시 달렸다. 예상과 다른 위력에 마수가 얼떨떨해하는 사이, 이번에는 아래턱을 쳐올렸다.

기는 상어의 배는 단단한 외피를 두르지 않아 등보다 부드러웠다. 앞선 두 방보다 전해진 충격이 강했는지, 거대 마수는 신음하면서 크게 몸을 젖혔다.

이번에야말로 타격을 줬다. 그렇게 생각한 것도 잠시뿐, 마수의 신음이 분노가 실린 으르렁거림으로 변하는 것을 눈치챘다.

격분한 마수는 크게 젖힌 거구로 힘차게 발을 굴렀다.

"으왓!"

하마터면 밟힐 뻔했지만, 가까스로 피했다.

차원이 다른 질량이 격돌해 땅이 격하게 진동했다. 휘몰아치는 바람이 흙먼지를 일으켜 시야를 차단했다.

일단 거리를 두려고 생각했을 때는 흙먼지를 일으키는 거대한 그림자가 다가와 있었다.

"아, 망했―."

프로토는 마수의 거대한 앞발에 차여 날아갔다. 마치 던진 돌멩이처럼 바닥을 튀고 굴렀다.

한순간 블랙아웃에 빠졌지만, 프로토는 바로 일어났다.

"달릴 수 있게 거리를 주면 나야 고맙지. 살고 싶지 않은가 봐?"

프로토는 너스레를 떨고 다시 달려갔다. 거기에 응하는 듯 마물도 움직이기 시작했다. 둔중한 거구가 공기를 밀어내며 달렸다.

"바보같이 들이대 줘서 고마워!"

프로토는 달리면서 몸을 옆으로 회전시켰다.

"이건 어때!"

고속으로 몸을 비틀면서 허리에서 사출된 와이어로 한순간 지면에 자신을 고정하고, 전투 망치로 땅을 힘껏 찍었다.

잔해 산탄은 격앙한 마수의 안면에 쏟아져 조금이나마 남아 있던 평정심까지 앗아갔다.

그 순간의 허를 찔러 프로토는 거대 마수의 아래로 파고들었다.

목표는 머리가 아니라 발이다.

무방비해진 앞발을 향해 프로토는 혼신의 힘으로 전투

망치를 내리쳤다.

뭔가 두껍고 단단한 것이 깨지는 소리가 항구에 울려 퍼지고, 비통한 포효가 밤하늘에 메아리쳤다.

적은 겉보기 이상으로 순발력이 있었다. 그래서 먼저 기동력을 빼앗는다. 그게 승기를 잡기 위한 첫걸음이었다.

"상어 주제에 육지에 올라오니까 그렇—지아아악!"

마수는 머리를 흔들어 코끝으로 프로토를 쳐올렸다.

다리를 짓뭉개도 여전히 머리를 쓴 공격은 건재했다. 방심하지는 않았지만, 타격을 줘도 예상 이상으로 반격이 빨랐다. 프로토가 태세를 정비하기 전에 상대가 분노로 통증을 마비시키고 덤벼들었다.

프로토는 공중에 떠서 마음대로 움직일 수 없었다. 땅이 아득히 멀리 있었다.

"그래서, 오히려 좋아!"

전투 망치의 자루를 굳게 쥐었다. 프로토는 낙하하면서 전투 망치의 무게를 살려 몸을 회전시켰다.

2회, 3회 회전해 전투 망치에 충분히 힘이 실린 순간, 프로토는 오른팔째 망치를 던졌다. 팔은 와이어 형태의 기계 촉수 다발로 동체와 연결됐고 공중에 청백색 빛줄기를 그렸다.

초고속으로 내리친 전투 망치는 마수의 정수리에 직격했다. 그 일격은 기는 상어의 견고한 외피를 깨고 의식을 빼앗았다.

토레크가 낸 금보다 훨씬 크고 깊은 균열이었다.

프로토는 와이어를 수축해 전투 망치를 다시 끌어당겼다.

다음에야말로 끝장을 낸다. 공격 기회는 무방비해진 지금밖에 없다.

하지만 여세를 몰아 단숨에 몰아치려고 한 순간, 프로토의 몸이 휘청 기울었다.

이만큼 피해를 줘도 거대 마수가 의식을 잃은 시간은 찰나의 시간에 불과했다. 의식을 되찾은 상어는 머리 위에 뜬 망치를 물었다. 그리고 힘차게 와이어를 당겨 역으로 프로토를 끌어당겼다.

급격히 낙하 속도가 오른 프로토는 자세를 바로잡지 못하고 입을 쩍 벌린 상어에게로 빨려 들어갔다.

상어의 입안에는 예리하고 거대한 이빨이 톱니처럼 늘어섰다. 저 압도적인 이빨에 물리면 코어는 틀림없이 파괴된다…….

절체절명.

"망했나?"

깨부수기 위해 입을 연 사이에 급히 팔을 되돌렸다. 하지만 어차피 전투 망치를 휘두를 여유는 없었다.

속수무책으로 떨어지는 프로토를 노리고 거대한 아가리는 소리를 내며 닫혔다.

하지만 프로토는 간발의 차로 그 턱에 씹히지 않았다.

"후우, 위험했다……."

그렇지만 강인한 이빨에 오른팔이 꽉 끼었고 전투 망치도 입안에 있었다.

머리를 맞고 뇌가 흔들린 마수는 아직 의식이 몽롱한지, 프로토와의 거리 계산이 조금 어긋났다. 1초도 되지 않는 시간 사이에 「절체절명의 상황」이 「구사일생의 상황」까지 호전됐다.

그렇지만 마수는 전투 망치를 놓치지 않으려고 입을 열지 않았다. 무기만 빼앗으면 질 리 없다고 이해한 것이다.

턱을 단단히 닫은 상어는 팔을 찢으려고 머리를 흔들었다.

"이 녀석이!"

가공할 내구력을 자랑하는 프로토의 기계 촉수라도 서서히 상처가 늘어갔다. 상처에 이빨이 꽂힌 상태라면 수복 시스템을 기동해도 소용이 없었다.

프로토는 물리지 않은 왼팔을 들었다. 전투 망치 같은 중량 무기가 없어도 어느 정도 파괴력은 나온다.

"이게! 안 놔!"

이빨을 때렸다. 생각보다 이빨은 약해서 때릴 때마다 금이 갔다.

하지만 약해도 프로토가 입은 소녀형 외장도 강한 충격에는 버틸 수 없었다. 외장을 형성하는 금속 프레임은 차츰 변형되어 상어의 이빨이 부서졌을 때는 주먹이 완전히 찌그러져 있었다.

다시 물 시간을 주지 않고 단번에 팔을 뽑으려고 한 순간, 별안간 마수가 입을 살짝 벌렸다. 이해할 수 없는 행동에 프로토는 방어 자세를 취했다.

입을 연 건 아주 잠깐. 입을 고쳐 물 시간조차 없는 짧은 순간이었다.

똑같은 자리에서 입을 닫아 봤자 그곳은 이미 이빨이 없는 빈자리. 빠져나갈 수 있다.

이빨이 없다면 말이다.

놀랍게도 이빨을 부쉈던 자리에는 이미 다음 이빨이 자라 있었다. 상어는 이빨이 빠진 자리를 채울 예비 이빨이 있는데, 그것이 눈 깜짝할 사이에 앞으로 나온 것이었다.

아무리 발버둥 쳐도 마수는 팔을 놓아주지 않았다. 이대로 가면 언젠가 진다.

"이렇게 된 이상!"

프로토는 비장의 수를 쓰기로 결심했다.

"이야아아아아아아아아아아아앗—!"

프로토는 오른팔을 물린 채 와이어를 뻗어 거대한 마수의 몸을 달렸다. 아래턱, 오른쪽 뺨으로 달리면서 쓸모없어진 왼팔 외장을 어깨에서 분리했다. 그리고 정수리에 도착한 뒤, 왼쪽 어깨로 무수한 와이어를 늘어뜨렸다.

풀어진 와이어는 마수의 거구를 더듬듯이 고속으로 기어가 머리를 이중, 삼중으로 감았다.

마수는 구속을 풀려고 발악하지만, 와이어는 이미 단단히 조여 꿈쩍도 하지 않았다.

"제한 해제! 출력 한계 돌파!"

프로토는 소리쳤다.

출력 한계를 넘어선 힘을 끌어내서 어마어마한 장력을 발휘했다. 다만, 그만큼 신체에 큰 부담이라서 제한 해제 상태는 오래 유지하지 못하고, 까딱 잘못하면 완전히 기능이 정지해 버린다. 이게 프로토 최후의 비밀병기였다.

무슨 일이 있어도 이겨야 한다. 그 일심으로 거대한 마수를 졸라맨다.

이겨야만 하는 이유. 그건 동료다. 애착이 있어도 이 도시나 세계는 어떻게 되든 알 바 아니다. 하지만 여기서 이기지 않으면 동료와도 함께 있을 수 없다.

왠지 모르게 편안하다. 왠지 모르게 마음이 맞는다. 고작 그런 이유였지만, 그것만으로 충분했다.

"죽어! 하등! 생물! 으아아아아아아아아아—!"

몸속에 울려 퍼지는 경고음을 무시하고 한계를 넘은 전력으로 와이어를 수축했다. 선형의 푸르스름한 빛과 쇳소리 같은 구동음이 그 어떤 때보다도 강해졌다.

마수는 몸부림쳤고, 머리의 균열은 서서히 넓어졌다.

마수가 두른 장갑이 귀를 찌르는 소리와 함께 깨지고, 부스러진다. 거구가 날뛰는 땅울림과 함께 그 소리를 듣는데, 잠시 후 마수의 움직임이 멎었다.

항구가 갑자기 조용해졌다.

"후우…… 쉽네……."

프로토는 기능 정지 직전까지 에너지를 써 버렸지만, 쾌승이었다고 허세 부렸다.

거대 짐승의 머리에 선 난쟁이 전사는 멀리서 싸우는 동료를 돌아봤다. 그리고 그 표정을 보고 픽 웃었다.

"드디어 떨쳐냈나 보네, 진."

진이 요도를 뽑은 순간, 마음 깊은 곳에서 한기 같은 공포가 올라왔다. 시야는 피처럼 검붉은색으로 물들고 귀는 불쾌한 잡음에 둘러싸였으며 몸은 마음대로 움직이지 않았다.

그리고 무엇보다 눈앞의 나쟈에게 겹쳐 몇몇 그림자가 나타났다. 그 모습은 흐릿했지만, 지금까지 벤 자들의 그림자라고 직감으로 알 수 있었다.

"현혹할 생각인가……."

말을 꺼내는 것만으로 정신이 피폐해져 진의 얼굴은 고통으로 물들었다.

"무슨 소리를 하는지 모르겠지만, 전투 재개다!"

나쟈가 의기양양하게 덤벼들었다.

제대로 힘이 들어가지 않는 몸으로 극복해야 한다. 진은 그렇게 생각했지만, 정신을 차리자 붉은빛 칼날이 나쟈의 삼지창을 막고 있었다.

"뭐야, 이건……!"

"얼씨구, 아까보다 움직임이 좋은데."

몸에서 힘이 넘쳤다. 생각해 보면 오니는 원래 평범한 마을 주민이었다. 그런 자를 억지로 움직여 전투에 능한 두 사람을 상대한 것이다. 히사메 자체에 사용자의 신체 능력을 높이는 효과가 있는 것 같았다.

하지만 자신의 의지로 움직이지는 않았다. 요도가 사용자를 지켰을 뿐이었다. 공포로 몸이 굳고 시야는 흐릿해졌다.

계속해서 나쟈는 공격을 퍼붓지만, 힘으로 막는 것에 불과했다. 나쟈가 물창을 쏘지만, 막무가내로 피하는 것에 불과했다. 어촌에 있던 오니처럼. 흡사 꼭두각시다.

그러는 사이 저주는 깊어져 갔다. 눈은 베었던 자의 피로 물들었고 그림자가 팔다리에 엉겨 붙었다.

"뭘 하고 싶은 거냐! 왜 내가 해한 자들의 그림자를 보여 주지!"

피를 빨고 싶다면 공포로 살의를 자극하면 된다. 그런데 공포로 싸움을 방해할 뿐이었다. 그리고 이번에는 방해를 하는가 싶더니 주인을 지키려고 몸을 움직인다.

모순이다. 그리고 오니처럼 이성을 잃지도 않았다. 진은 점점 더 요도의 목적을 알 수 없게 됐다.

하지만 분명히 공포를 느꼈다. 일렁이는 그림자들의 눈. 그것들에게서 눈을 돌리고 싶어 견딜 수 없었다.

"아까부터 뭐라고 하는 거야, 너!"

결국 나쟈의 공격을 모두 막지 못하고 진이 튕겨 날아갔다. 그래도 히사메는 손에 강하게 쥐여 있었다.

몸에는 부상이 많고 생각대로 움직이지 않았다. 마음과 눈은 공포로 흐릿해져 사고를 차단했다.

진은 바닥에 엎어진 채 다가오는 나쟈를 멍하게 봤다.

"진심으로 싸우지 못하나 보지만, 나는 죽어도 해야만 할 일이 있어. 대의가 있는 건 너희만이 아냐. 너를 죽이고, 방해하는 녀석들을 전부 처죽이고, 팔이 꺾이고 다리가 뭉개지더라도 이루어야만 하는 대의가 있다고! 막고 싶으면 날 죽이고 막아!"

나쟈의 눈에 한층 더 강한 빛이 깃들었을 때, 그 눈이 흐릿하던 그림자의 눈과 겹쳤다.

"대의……."

힘없이 중얼거린 진을 향해 나쟈는 창을 내리쳤다.

"사쿠라, 할복해라."

"알겠습니다, 아버지."

"아쉽구나. 하지만 이것도 규칙이다."

대화는 짧았다.

원래 살던 세계에서 오래전부터 이어진 암살자 가문. 그
중에서도 칼에 능한 자가 습명하는 「진(刃)」이라는 이름.
카라스마 사쿠라는 그 이름을 이어 지금도 동료에게 자신
을 「진」이라고 부르도록 했다.

지금까지 많은 자를 베었다. 남녀노소를 불문하고. 하지
만 그들 모두가 『악』이었다.

진은 항상 의뢰 대상의 눈을 봤다. 허점을 찾기 위함이
기도 하며 사람의 됨됨이를 알기 위함이기도 했다. 대부분
의 악인은 눈을 보면 알 수 있었다.

사람을 짓밟는 악을 처단한다. 그것이 사람을 구하는 길
로 이어지는 올바른 행위라고 믿었다. 그래서 『누군가의
도구』여도 긍지를 가졌다.

하지만 그 긍지가 흔들리는 순간이 있었다.

의뢰 대상은 때때로 대의를 짊어지고 악행을 저지른다.
잔악한 자에게 복수하는 자, 더 많은 사람을 구하기 위해
소수를 짓밟은 자, 잘못된 세계를 과격한 수단으로 바로잡
으려는 자. 타락한 악과는 달리 그런 자는 하나같이 눈에
강한 빛이 깃들었다.

그들은 죽음조차 두려워하지 않는다. 「막고 싶으면 죽여라」라고 말하며 죽을 때까지 자신의 신념을 지키려고 한다.

진은 무서웠다. 단순히 그 기백에 밀렸기 때문이 아니다. 눈을 돌리고 싶을 만큼. 가슴 안쪽을 헤집어 놓는 감정에 시달리기 때문이다.

초조. 이대로 가면 후회한다고 막연하게 예감했다.

갈망. 소중히 품었던 『긍지』만으로는 뭔가가 채워지지 않는다.

가슴의 고통에 참으며 암살을 계속하는데, 어떤 의뢰가 도착했다. 암살 대상은 도저히 악이라고 생각힐 수 없는 소년 소녀들이고, 의뢰 이유는 극비였다.

"왜 그들을 베어야만 합니까?"

"이유는 모른다. 몰라도 된다. 아무 생각도 하지 말고, 베어라."

아버지는 그렇게 말씀했다. 평소대로였다. 평소와 똑같이 베면 된다. 그럴 것이다.

하지만 마음이 그것을 부정했다. 이대로 가면 후회한다. 그렇게 직감했다.

진은 몇 번이고 그들을 찾아가서 눈을 봤다. 그래도 역시 악이라고는 생각되지 않았다. 어디를 어떻게 보나 단순한 소년 소녀였다.

"저는…… 벨 수 없습니다……."

그것이 결론이었다.

명을 거역한 자가 어떻게 되는지는 당연히 알고 있었다. 하지만 그래도 그 길로 나아가겠다는 생각은 들지 않았다. 후회는 하지 않는다.

"누님, 마지막으로 뵈러 왔습니다."

"후지마루냐. 더 만날 수 없어서 아쉽구나."

세 살 어린 남동생이었다. 자신의 선택에 후회는 없지만, 후회가 있다면 결국 동생에게 임무를 떠넘기게 된 것이었다.

"왜 이런 선택을 하셨죠?"

"모른다. 그저, 그러고 싶어졌을 뿐이야."

"『그러고 싶어졌을 뿐』……."

후지마루는 그 말을 듣고 곰곰이 곱씹었다.

"후지마루…… 아니, 『진』. 너에게 임무를 떠넘긴 못난 누나라서 미안하다."

"그렇지 않습니다, 누님."

"헤어질 때다."

"네……."

진은 마지막으로 동생의 머리를 쓰다듬고, 목숨을 끊었다. 신기하게도 만족스러운 기분으로 죽음의 늪에 가라앉았다.

무엇을 붙잡았는지는 불명확하지만, 그래도 붙잡으려던

것은 붙잡았다.

이거면 됐다.

다만, 예상하지 못한 점은 암살 대상 중 한 명과 함께 이 세계에 불려간 것이었다.

"이이이, 일단! 일단 자기소개라도 하면 어떨까요! 사실 전부 오해일지도 모르잖아요. 안 그래요?"

그리고 임무의 의미도 어렴풋이 알았다. 결과적으로 동생에게 임무를 떠넘기지 않고 이세계로 넘어와 임무를 분담하는 꼴이 됐다.

그 암살 대상은 욕망에 솔직한 속물로, 진은 그녀를 깔봤다. 하지만 그런 그녀는 어느 날을 기점으로 눈에 강한 빛이 깃들었다. 강한 의지의 빛이다. 가끔 물리적으로 빛나기도 하지만.

동료 중에는 그녀 외에도 눈에 강한 빛이 깃든 사람이 있지만, 그녀의 불타는 듯한 눈은 각별했다.

단순한 일반인으로 살면서 자기 몸이 불타는 데도 개의치 않고 독선적인 욕망을 채운다. 그 모습을 진은 한심하게 생각하면서도 무섭다고 느꼈고, 그리고 이끌렸다.

무섭다고 느끼는 것에 왜 마음이 이끌리는가. 그렇게 생각했을 때, 눈앞의 나쟈의 눈과 일렁이는 그림자의 눈, 그리고 호무라의 눈이 겹친 것처럼 보였다.

고막을 찌르는 소리가 항구에 울렸다.

진은 자신의 의지로 나쟈가 내리친 삼지창을 요도로 막고 있었다.

"그런가……."

강한 의지의 빛. 그게 왜 무서웠는가. 악을 행하더라도 죄를 짊어지기로 각오하고 해야 할 일을 하는 강한 의지가 진심으로 부러웠기 때문이었다.

그저 흘러가는 대로 살지 않는다. 자신의 다리로 서서 스스로 나아갈 길을 고르고 자신의 의지에 목숨을 바친다. 그 삶이야말로 죽음의 순간 느낀 만족스러운 기분의 정체였다.

"그런 건가……."

많은 것이, 하나의 선으로 이어졌다.

"후후, 하하하!"

"뭘 웃고 자빠졌어."

웃은 게 얼마 만일까.

"아니, 내가 얼마나 속물인지 깨달았을 뿐이야. 후후, 체면이 말이 아니군. 결국 나도 제멋대로 살고 싶은 인간인가. 하지만 가슴이 후련해."

나쟈는 뒤로 뛰어 거리를 뒀다.

"내가 즐긴 건 『살인』이 아니었어. 내가 즐긴 것은 자신의 의지로 싸우는 자를 자신의 의지로 베는 거다. 죽음조차 불사하고 서로의 신념을 관철한다. 이보다 더 좋을 수 없는 존재 증명이기 때문이지."

진의 눈에는 확실히 강한 빛이 깃들었다.

"눈빛이 좋아졌는데? 그래도 죽이겠지만!"

"이거야 원, 묘한 요도에게 사랑받았군. 무서워하던 것이 바로 선망하던 것이라니……."

피에 굶주린 요도가 손에 잘 맞았다. 마음과 눈은 맑게 개었고, 몸 깊은 곳에서 힘이 솟아났다.

요도에 의지가 있는지 모르겠지만, 히사메 덕분에 『스스로 나아갈 길』을 알았다.

"이제부터 진짜라고 보면 되나?"

"자신에게 솔직해진 나는 강할 거다."

진은 웃어 보였다. 그대로 붉은빛 칼날을 잡고 물 흐르는 듯한 동작으로 자기 배에 댔다.

"역시 익숙해지지 않는군, 이 감각은……."

고통으로 인상을 찌푸렸다.

"야야야, 포기하지 마! 지금 그런 흐름이었던가?"

"안심해라. 그대를 죽이기 전까지는 죽지 않으니까."

배에서 뽑힌 히사메는 진의 피를 빨고 맥동했다.

그 기괴하고 추악한 칼날을 보고 나쟈는 납득했다.

"뭐야, 그런 물건인가……. 싸움에서 도망치는 줄 알았잖아."

"그리 걱정하지 마라. 지금부터 목을 쳐줄 테니까. 기대하도록."

다시 한번, 진심으로 목숨을 건다.

"그럼 간다."

나쟈는 창을 들고 물로 된 용을 띄웠다.

"간다."

한편, 진은 요도에 바른 자신의 피를 불길한 칼날로 바꾸었다.

대치한 두 사람은 목숨이 걸린 싸움을 앞두고 웃고 있었다.

그때부터는 그 누구도 끼어들 여지가 없는 맹렬한 싸움이 벌어졌다.

피의 칼날이 하늘을 찢고, 물창이 땅을 뚫는다. 1초, 일순이라도 긴장을 풀면 그것은 곧 죽음을 의미했다. 양자 모두 상처를 입었건만, 오히려 그것마저 즐기는 것처럼 싸웠다.

서로 죽음으로 걸어가면서, 싸움은 한순간의 틈을 찔러 끝을 고했다.

"잡았다!"

진의 일격이 나쟈에게 닿았다.

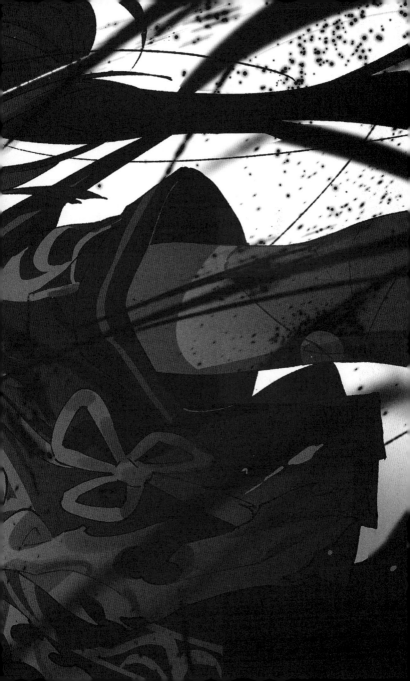

10장 『체인소 걸』

The Devil's Army, Decimated
By My Flame the World Bows Down

조용해진 인공섬은 그곳만 세계에서 단절되어 시간이 멈춘 것 같았다.

서로 양보할 수 없는 것을 가진 자들이 부딪친 섬은 원형을 유시하지 못할 만큼 황폐해졌다. 무너진 창고들의 잔해가 주변 일대에 흩어졌고, 질서 정연하게 깔렸던 돌바닥은 온갖 곳에 싸움을 흔적을 새기고 있었다. 이쯤 되면 무슨 일이 벌어졌는지 추측하기도 힘들다.

파도 소리에 섞여 파괴와 전투의 소리가 멀리서 들려왔다.

"나 참, 결국 팔만 잘랐어?"

"생각해 보니 들을 이야기가 있더군."

나쟈의 팔은 감각이 보호하는 부분인데도 깔끔하게 절단되어 있었다. 그 단면으로 피가 멈출 줄 모르고 흘러내렸지만, 자른 장본인인 진도 출혈이 심각했다.

진은 칼로 찌른 배뿐 아니라 나쟈의 물창에 뚫린 구멍들에서 피가 뿜어져 나왔다. 당연히 안색은 창백했다.

서로 앉아서 한 발자국도 더 움직이지 못했다.

"뭐, 힘으로 불게 하라고 말한 건 나니까. 말해줄게."

"빨리 부탁하지. 죽을 것 같으니."

"하하, 잘도 살아 있네. 그럼 본론만 빨리 말할게. 납치된 동포를 해방하기 위해서야. 뭐, 그 소원도 여기서 끝났지만……."

나쟈의 얼굴은 체념과 후회로 물든다. 하지만 그것도 한순간뿐이었다.

"그런 사정이라면 맡겨 둬. 아…… 그 전에 치료를 해야지."

"엉? 맡겨? 치료?"

당혹스러움 일색이었다.

"이봐, 사이코, 빨리 해. 둘 다 죽을 거 같아."

"나도 피곤하다고. 배려 좀 해."

기는 상어를 물리치던 사이코가 두 사람에게 치유 마술을 걸기 위해 다가왔다. 배려하라는 말대로 치유 마술 연속 사용과 전투로 상당히 지쳐 있었다. 하지만 아무도 걱정해주지 않는다.

"야, 뭐 하자는 거야? 나 안 죽여?"

"죽일 필요가 어디 있지? 아직 싸울 생각인가?"

"그건 아니지만……."

나쟈는 어색하게 눈을 피했다.

"수상한 곳을 알고 있다. 빨리 해방하고 빨리 일을 끝내지."

"뭐야…… 말이 통하는 인간도 있었냐."

두 사람은 조용히 치료를 받았다. 진의 몸에 난 구멍을 메우고 나쟈의 팔을 붙였다. 떨어져 있던 나쟈의 팔을 보며 츠츠미가 군침을 흘리던 탓에 치료는 신속하게 이루어졌다.

　"고맙다, 인간."

　"감사할 필요 없어. 네 말이 맞다면 발단은 이쪽이잖아?"

　사이코가 퉁명하게 대답했다.

　"아무리 그렇더라도, 이건 이거지."

　서로 목숨을 걸고 싸웠다고는 해도 발단은 인간 쪽에 있다고 한다. 그래도 나쟈는 은혜는 은혜라고 보고 있었다.

　팔을 붙인 나쟈는 일어났다.

　"그럼 그 수상한 곳……에 가기 전에."

　거대 상어 쪽을 돌아봤다.

　"야, 언제까지 잘 거야! 너희는 먼저 돌아가 있어!"

　귀가 아플 만큼 큰 소리로 외쳤다. 그러자 움직이지 않던 마수는 느릿하게 일어났다. 일시적으로 기절했을 뿐인지, 상황을 파악하자 머리를 흔들어 프로토를 떨어뜨리려고 했다.

　"아야."

　마수의 머리 위에서 얼빠진 사람처럼 달빛을 쬐던 프로토는 난폭하게 굴러떨어져 또 아프다고 소리를 냈다.

　"───!"

마수는 머리가 깨질 것처럼 우렁차게 짖었다. 귀를 막아도 귀 안쪽을 관통하는 굉음이었다.

그 목소리에 호응해 파괴 행위를 이어가던 기는 상어들이 걸음을 돌려 바다로 물러갔다. 그리고 그때, 도시를 가로지르던 거대한 불벽도 사라졌다.

도시에서는 더 이상 싸우는 소리가 들리지 않았다. 승자가 없는 싸움에는 승리의 함성도 없었다. 폐허로 변한 거리에 그저 조용한 여음이 깔릴 뿐이었다.

"어라, 어떻게 하기로 됐어?"

움직일 수 있을 만큼 회복한 프로토가 오른팔에 얽힌 망치를 끌며 다가왔다.

"고맙다, 프로토."

"응―? 뭐가?"

프로토는 살짝 시치미 떼며 진에게 대답했다. 결론이 어떻든 계기는 프로토였다.

"그래서 그 수상한 곳이 어디야?"

사이코 일행은 나쟈를 데리고 걸어갔다.

"높은 확률로 저기야."

망설임 없이 도시 중심으로 향했다.

"아아…… 내 소원만 이루어지겠군. 그 녀석한테 미안한데."

나쟈는 겸연쩍게 중얼거렸다.

"『그 녀석』이란 게 설마 마왕이야?"

"그래."

"어떤 녀석이야, 그 마왕이라는 건."

목적지로 가면서 물어야 할 정보를 물었다. 자신들이 이 세계에 불려온 이유를.

"나도 직접 만난 적 없어. 어느 날, 마왕이 보냈다는 여자가 내 앞에 홀연히 나타났어. 그 녀석의 말에 따르면 마왕은 모든 인간을 제거하고 모든 마물을 구제하려고 한대."

가는 길에 다양한 건물 잔해와 마주쳤다. 그것을 볼 때마다 저마다 복잡한 심경을 가슴에 품었다.

"부하가 돼서 협력해주면 자기도 힘을 빌려주겠다. 그 여자는 그렇게 말했어. 마침 이 도시를 습격할 계획을 세우던 때라서 마왕이란 녀석을 이용해 볼까 했지."

"그리고 『주혈』을 받았어?"

"뭐야, 알아?"

"그걸 사용한 녀석과 싸운 적 있으니까. 그 녀석보다는 덜하지만, 너도 변이한 부위가 있어. 너희 종족을 도감에서만 봐서 확신은 없었지만."

루트루드와 그에게 이용당한 도적단 두목. 그들은 인간이길 포기하고 기괴한 생명체로 거듭났다. 여기 있는 나쟈도 도감에서 본 것과 다른 부분이 있었다.

"맞아, 그 『주혈』 덕분에 강해졌어."

나쟈는 팔의 감각을 손가락을 두드렸다. 도감에는 없던 특징이었다.

"그걸 마시니까 힘이 용솟음치고 팔과 다리도 이렇게 변했어. 다만, 성격이 난폭해진 기분도 드는군……. 그리고 내 파트너도 그렇게 커졌어."

자랑스럽게 말하던 나쟈가 갑자기 험악한 표정으로 고개를 숙였다.

"처음에는 그냥 이용할 생각이었지만, 『주혈』을 마시고 생각이 변했어. 불과 몇 방울 마셨을 뿐인데 그게 얼마나 무시무시한 건지 알겠더군. 혼이 곤죽이 될 것 같은 신한 저주가 섞인 피. 이런 피가 흐르는 녀석이 정상적으로 살아갈 수 있을 리 없어. 고통, 공포, 절망. 그런 것들에 끊임없이 시달릴 테지. 그런데 그런 녀석이 우리 마물을 구하려고 해. 협력할 수밖에 없잖아."

"생각 이상으로 위험한 녀석과 싸워야 하는군."

하지만 나쟈는 다시 표정을 홱 바꿔 미심쩍은 얼굴을 보였다.

"『협력』이라고 해서 생각났는데, 습격 계획에는 동료가 한 명 더 있다고 들었어. 그런데 결국 나 혼자였군."

"너 혼자라서 천만다행이네."

황폐한 길을 걷는데 대원들이 마물을 데리고 가는 일행을 먼발치에서 바라봤다. 꺼림칙한 시선은 나쟈뿐 아니라 프로토와 츠츠미에게도 향했다.

"아마 여기일 거야."

도착한 곳은 엘리리야가 제재 쇼를 열던 중앙 광장이었다. 그리고 목적지는 그 안쪽, 영주 저택이었다.

"정체불명의 신음이 들린다고 해."

아레스가 보고한 정체 모를 신음. 죄인의 소리라고 생각한 그것은 어쩌면 붙잡힌 마족의 소리일지도 모른다. 나쟈의 말이 그 추측에 무게를 실었다.

"그래, 동포의 피 냄새가 나."

아름다운 외관으로 포장된, 추악한 피투성이 상자. 그것이 영주 저택의 정체였다.

광장에서 쉬던 호무라와 아레스 일행이 달려왔다.

"여러분도 무사하…… 응? 거기 계신 마족분은?"

호무라에게는 단순한 의문이었지만, 아레스 일행에게는 두통의 원인이었다.

"이분은 습격범 나쟈 씨다. 다들 사이좋게 지내."

"몇 번이나 말하지만, 너희는 얼마나 상식을 벗어나야 속이 시원한 거냐……."

아레스 일행은 긴장한 기색으로 무기를 들었다.

"역시 이게 보통 인간이지. 이상한 건 너희야."

"상식은 개나 줘. 우리는 문제 해결을 위해서 최단 루트로 달리는 거라고."

나쟈마저 이상하다고 한소리 하지만, 사이코를 필두로 한 네 사람은 신경 쓰지 않았다.

"요약하면 이 녀석 동료가 납치돼서 구하러 왔어."

"엥? 혹시 그 많은 일들이 엘리리야 씨 때문이었어요?!"

무역선 습격도, 요도 때문에 사람이 사라진 어촌도, 이번 습격도.

"그래서 여기로 왔나."

아레스는 저택을 노려봤다.

습격의 원인을 알고 나자 적의가 엘리리야에게로 향했다. 하지만 나쟈에 대한 경계는 풀지 않았다. 마족 동포를 해방하면 문제가 해결된다고는 하나, 상대는 마물이었다. 심지어 도시를 습격하고 인간을 공격했다는 사실은 변함없었다. 그들에게는 쉽게 믿을 수 있는 상대가 아니었다.

아레스 일행 네 명에게 둘러싸인 채 영주 저택으로 갔다.

"그나저나 호무라, 그런 거대한 불벽을 만들고 용케 폭주하지 않았네?"

사이코는 내심 호무라가 폭주하면 어떻게 막을지 걱정했었다.

"의식이 불에서 벗어나면 괜찮으니까 계속 츠츠미를 생각했어요 후헤헤!"

호무라는 씨익, 하고 끈적한 미소를 지었다. 츠츠미의 무엇을 상상했는지는 그 얼굴이 대신 말해줬다.

"그러냐. 안타깝지만, 지하 감옥행이다."

"왜요!"

긴장감도 없이 떠드는 두 사람을 뒤에서 바라보며 나쟈가 물었다.

"진, 네 동료는 이상한 녀석밖에 없냐?"

"이상한 녀석밖에 없다."

"고생이네……."

"의외로 재밌다."

"너도 이상하군."

같은 부류로 취급당한 진은 조용히 충격을 빋았나.

활짝 열린 창살문을 넘자 중앙에 위치한 큰 저택 말고도 정원 구석에 덩그러니 지어진 오두막이 보였다. 오두막의 문은 빼꼼히 열려 있다.

나쟈는 그 오두막 쪽으로 코를 들어 냄새를 맡았다.

"저기야. 저 오두막에서 냄새가 나."

아레스 일행을 남겨 두고 오두막으로 걸어갔다.

문을 열어 오두막 안으로 들어가자 호무라의 코로도 느껴질 만큼 피 냄새가 났다.

안에는 작은 책상이 놓여 있고 벽에 무기가 몇 개 진열돼 있을 뿐이었다. 물건은 그게 전부지만, 바닥에 문이 있었다. 문은 열려 있고 지하로 이어지는 계단이 보였다. 냄새의 진원지는 이 아래 같았다.

지하로 이어진 문으로 들어가자 서늘하고 퀴퀴한 공기가 몸을 감쌌다.

계단을 내려가니 복도에 늘어선 검은 철문을 광석등이 어슴푸레 비추고 있었다.

"지하 감옥인가. 마침 잘됐네, 호무라."

"잘되긴 뭐가 잘돼요!"

복도 가장 안쪽, 조명이 닿지 않아 어둑어둑한 문 앞에 한 여성이 있었다. 어두워서 잘 보이지 않지만, 성인 여성 같았다.

그 여성은 열쇠 다발에서 열쇠 하나를 문에 꽂으려다가 사람 목소리가 들려 흠칫 몸을 떨었다. 호무라 일행을 본 여성은 떨리는 손으로 나이프를 꺼내 침입자에게 겨눴다.

"다, 다가오면 찌를 거예요! 진심이에요!"

맞서려는 여성은 신관이었다. 엘리리야의 침권 제재 쇼에서 무대 뒤에 대기하던 그 신관이다.

"잠깐이면 돼요. 지금부터 할 일을 못 본…… 척?"

신관은 침입자 사이에 낀 마족을 발견하고는 얼굴에 당혹감이 번졌다.

"저기, 왜 타케미즈치(猛鮫)족 사람이 함께……?"

"응? 이 녀석 친구들을 풀어주러 왔는데?"

그 말을 듣고 긴장의 끈이 풀렸는지, 신관은 제자리에 주저앉았다.

"그랬나요⋯⋯. 죄송합니다, 설마 같은 목적을 가진 분이 계실 줄은 몰라서⋯⋯."

"이봐, 풀어주려 한다는 건 살아 있다는 뜻이겠지!"

"네, 넵!"

나쟈는 가슴을 쓸어내렸다. 겉으로는 드러내지 않았지만, 그게 걱정이었나 보다.

"저는 식사와 치료를 명령받았어요. 엘리리야 님에게 나날이 고문당해 건강하다고는 할 수 없지만, 살아 있어요."

"됐어. 살아 있기만 하면."

신관은 이번에야말로 열쇠를 꽂고, 돌렸다.

무거운 철문을 열자 안에서 짙은 피 냄새가 흘러나왔다. 축축한 공기까지 더해져 불쾌한 바람이 살을 핥았다.

신관은 안으로 들어가서 문 바로 옆에 있는 광석등을 만져 불을 밝혔다.

나쟈가 이를 꽉 무는 소리가 들렸다.

그곳에는 비쩍 곯은 마족들이 사슬에 묶여 있었다. 나쟈와 달리 팔다리에 갑각은 없지만, 특징으로 보아 같은 종족이 틀림없었다.

몸에는 상처 하나 없지만, 마른 피로 더러워진 바닥이 지금까지 자행된 만행을 말해줬다. 밤마다 들리는 신음은 학대받은 마족의 목소리였던 것이다.

"아빠!"

나쟈는 그중 한 명을 끌어안았다.

"나쟈, 너니? 어떻게 된 거냐, 그 몸……."

"나, 열심히 했어! 엄청 많이 특훈하고, 엄청 많이 강해졌어! 그리고, 저주로 조금 변해 버렸어……. 그래도 모두를 구해내려고 노력했어!"

참지 못하고 굵은 눈물이 뚝뚝 떨어졌다. 나쟈의 아버지도 수척한 뺨으로 눈물 한줄기를 흘렸다.

하고 싶은 말은 산더미 같지만, 기쁨에 벅차 말이 나오지 않았다. 흐느껴 우는 모습에서 강인한 전사의 면모는 찾아볼 수 없었다. 거기에는 오로지 한 명의 소녀만 있을 뿐. 아마 이쪽이 그녀의 본래 성격이리라.

그리고 나쟈는 뒤에 인간들이 있다는 사실을 떠올리고 다시 얼굴을 험악하게 구겼다.

"시끄러! 위엄을 유지하려고 애쓰는 거라고! 이래 봬도 마왕군이다!"

"아무 말도 안 했잖아! 신경 끄고 감동의 재회나 계속해!"

"이제 됐어! 밖으로 나간다!"

"나쟈, 말투가 그게 뭐냐? 게다가 마왕군은 또 무슨 소리야!"

"아빠는 가만히 있어 봐!"

분위기가 어색해졌지만, 아무튼 풀어주는 게 우선이었다.

족쇄를 풀고 부상이 없는지 확인했다. 힘은 없지만 다들 일어나서 걸을 수는 있었고, 엘리리야에게 들키기 전에 서둘러 지하 감옥에서 빠져나왔다.

오두막에서 나온 마족들을 보고 아레스 일행은 머리를 감쌌다. 악이라고 단정했던 자가 피해자고, 악이라고 단정하지 못했던 자가 악이었기 때문이었다.

"누가 진짜 악인지 알 것 같군······."

고뇌도 잠시뿐, 무기를 내린 아레스는 진지한 눈빛을 하고 있었다.

"너희는 저들이 바다로 돌아갈 때까지 호위해줘."

"응, 알았어."

"네~."

아레스의 동료 두 명은 두말없이 호위 임무를 수락했다. 결단을 의심하지 않고, 그것이 마땅히 해야 할 일이라고 믿고서. 그 반응으로 아레스가 얼마나 신뢰받는지 짐작할 수 있었다.

아레스는 적이었던 자들을 의연한 자세로 배웅했다. 그 눈에는 이미 적개심이 없었다.

타케미즈치족은 다리가 불편한 이를 어깨로 부축하고 서로를 의지하며 바다로 걸어갔다.

"빚은 갚을 수 있으면 갚지."

나쟈는 떠나기 전에 그 말만을 남기고 더 돌아보지 않았다.

그 뒷모습이 조그맣게 보일 때까지 지켜보다가 아레스는

자신이 해야 할 일을 하고자 움직였다.

"리안, 우리는 엘리리야에게—."

파쇄음이 울려 퍼졌다.

너무나도 갑작스러워 아무도 움직이지 못했다.

건물 잔해가 주위로 쏟아졌다. 그중 큰 물체가 광장의 제재 스테이지를 부쉈다. 목제 무대를 부순 것은 쇠뿔 투구를 쓴 전사— 토레크였다.

누가 토레크를 날려 버렸다는 사실을 이해한 뒤, 겨우 소리가 난 방향을 돌아봤다. 그곳에는 반쯤 무너진 저택이 있었다. 기는 상어들의 침공이 도달하지 않아 무사했을 텐데도, 지금은 안쪽에서 폭발한 것처럼 망가졌다.

토레크의 몸에는 크고 예리한 금속 파편들이 갑옷을 관통해 꽂혀 있었다. 몸이 살짝 움직이므로 숨은 붙어 있나 보지만, 피가 너무 많이 흘렸다. 이대로 가면 출혈 과다로 생명이 위험하다.

"토레크 님!"

여성 신관이 누구보다 먼저 달려가 치유 마술을 사용했다.

"조용해졌나 싶더니 남의 장난감으로 뭘 하는 거야? 기껏 차를 끓였는데 입맛이 떨어졌어."

밤하늘로 먼지가 날리는 가운데, 가까스로 원형을 유지한 현관문으로 엘리리야가 나왔다. 그녀가 여기 있는 건 도망칠 기회가 놓쳤기 때문이 아니었다. 도시가 습격받는

와중에 우아하게 차를 즐긴 것이다.

"이것도 다 네가 꾸민 일이야? 팔도 징그럽게 변했고, 마물로 전락한 거 맞지? 그렇다면 널 공격하는 건 어디까지나 정당방위야. 죽어도 불평하진 마."

토레크의 왼팔은 기는 상어와 비슷한 단단한 갑각에 둘러싸여 있었다. 그것은 사이코가 급조한 팔로, 인간과는 다른 기괴한 팔이었다. 튼튼하고 강력한 힘을 얻었다고는 하나, 인간의 몸에서 벗어나 버렸다.

"어구구, 시간 끌기는…… 성공했지만, 역시, 화를 돋웠네……. 너희는, 도망치는 게, 나아……."

토레크는 숨도 제대로 쉬지 못하며 말을 쥐어짰다.

"네가 쓸데없는 짓만 하고 다니는 거 다 알아. 갈 곳 없는 전과자를 네 고향으로 보냈지? 그리고 이번에는 장난감을 풀어줬어. 범죄자와 마물을 도왔으니 제재당해도 할 말 없지?"

자신이 곧 법이라는 듯한 오만한 논리. 실제로 거역하는 자가 없는 이곳에서는 엘리리야의 말이 곧 법이었다.

그녀의 심기를 건드리면 갈도르시아와의 관계가 악화될 우려가 있었다. 취급에는 각별한 주의가 필요하다.

그래도 아레스는 엘리리야의 정면에 섰다.

"이 습격의 발단은 당신입니다. 당신이 마족에게 만행을 저지르지 않았다면 이런 일도 없었겠죠."

"그게 뭐? 너희 대원도 마물을 죽이잖아."

"우리가 마물과 싸우는 건 백성을 지키기 위함입니다. 당신처럼 욕망을 채우려는 게 아니라."

"그래서 결국 하고 싶은 말이 뭐야……?"

말대꾸하는 신입 대원에게 엘리리야는 점점 짜증을 느꼈다.

"위순대 대원으로서 도시의 평화를 어지럽히는 당신을 구속하겠습니다. 마족 납치 및 학대. 이는 다른 마족을 자극해 평화를 어지럽히는 행위입니다. 우리 갈도르시아 대원도 이에 관해서는 법적 권한 행사가 보장됩니다."

"뭐……?"

그 대답이 너무나 실망스러워 엘리리야는 한순간 얼빠진 표정을 지었다.

"웬 법적 구속……? 분위기 팍 죽네……. 막고 싶으면 죽일 각오로 덤벼. 네까짓 게 막을 수도 없겠지만!"

어이없다 못해 절망마저 느꼈다.

"제가 당신에게 이기지 못하는 건 잘 압니다. 하지만 설령 그렇더라도, 나는 해야만 해."

엘리리야는 저항자의 눈에 깃든 빛을 봤다. 죽일 생각도 못 하는 겁쟁이 주제에 전혀 겁을 먹지 않았다.

공포를 주는 데 집착하는 엘리리야에게 공포를 품지 않는다는 것은 자신의 존재 부정에 가까웠다.

"짜증 나…… 이것들은 왜 하나같이 엘리리야를 방해하는 거야! 왜 엘리리야를 봐주지 않는 거야!"

신경질적인 외침과 동시에 엘리리야의 손에서 무언가 날아왔다.

아레스는 반사적으로 방패를 들어 그것을 막았다. 머리에 쓰려던 투구가 쇳소리를 내며 바닥을 구른다. 허를 찔리기는 했으나, 아레스는 침착하게 검과 방패를 들어 그 몸에 창뢰를 둘렀다.

"그 눈, 마음에 안 들어."

엘리리야의 손에는 어느샌가 날붙이가 이어진 채찍 같은 무기가 들려 있었다. 연인편(連刃鞭)은 길고, 휘두르지 않았는데도 촉수처럼 꿈틀댔다.

"각오하십시오."

아레스는 땅을 박찼다. 창뢰를 두른 발이 돌바닥을 깨고, 아레스는 낙뢰와 같은 속도로 거리를 좁혔다.

하지만 눈 깜빡임조차 허용하지 않는 속도의 전사를, 엘리리야는 연인편으로 받아쳤다. 채찍이 물결치며, 다가오는 아레스를 정확하게 노렸다.

불규칙하게, 하지만 정확히 급소를 노리는 채찍을 아레스는 방패로 튕기고 검으로 쳐냈다.

천둥소리와 쇳소리가 귀에 거슬리는 불협화음을 연주했다.

아레스는 마지막으로 힘차게 치고 나가 검을 치켜들었다.

하지만 그 검은 아래로 떨어지지 못했다.

"아쉬워서 어떡해? 하나 더 있답니다~."

왼손에서 뻗은 연인편이 아레스의 오른팔을 뚫고 있었다.

"아직 멀었다―!"

이 정도로는 당황하지도 않는 아레스는 채찍에 뚫린 팔을 억지로 움직여 검을 엘리리야에게 뻗었다.

《꿰뚫―.》

섬전을 쏘려고 한 순간, 아레스의 팔 안쪽에서 무수한 철가지가 돋았다.

"크아아아아아아아아아악―!"

아레스는 절규하고, 정신을 잃었다.

"어머, 절망한 눈을 보고 싶었는데 재미없게."

진심으로 재미없다는 듯 엘리리야가 중얼거렸다.

"뭐, 좋아. 제재는 아직 끝나지 않았어."

정신을 잃은 아레스를 향해 엘리리야는 남은 연인편을 휘둘렀다.

그 강인한 칼날이 아레스가 입은 금속 갑옷을 손쉽게 뚫을…… 예정이었다.

《벽이여!》

빛의 장벽이 채찍을 튕겨냈다.

아레스 앞으로 뛰어든 리안이 마장벽을 펼쳤다.

"뭐 하자는 거야? 방해하면 너도 죽일 거야."

"이미 승부는 났잖아!"

"승부가 아니라 제재인데? 아, 혹시 승부라고 생각했어? 너무 약해서 몰랐네. 미안~."

리안은 어금니를 악물었다. 입을 열면 더러운 말이 나온다는 확신이 있으니까.

분하고 두려워 눈물을 머금는 리안을 보자마자 엘리리야는 기분이 좋아졌다.

"이힛! 그럼 다음은 너랑 싸워줄게. 거기 있는 잔챙이를 끝까지 지키면 네 승리야. 이기면 순순히 구속당해줄게. 뭐, 싸움이 안 되겠지만."

"자랑은 아니지만, 내 마장벽은 마술원 제일이야."

"오, 그래? 그럼 벽도 자신감도 한 방에 부숴줄게."

연인편이 붉은 안개가 되어 흩어지자 채찍에 꿰여 억지로 서 있던 아레스가 쓰러졌다.

엘리리야는 다음 무기를 만들 작정이었다.

《벽이여, 겹쳐져 나를 지켜라!》

새로운 빛의 장벽이 포개지듯 발생해 3중 마장벽이 되어 리안과 아레스를 지켰다.

돌벽도 가볍게 파괴하는 기는 상어의 돌진을 한 치 흔들림도 없이 튕겨내던 리안의 마장벽이었다. 그것이 겹쳐 그야말로 요새가 되었다.

리안은 방어만큼은 누구에게도 지지 않는다고 자부했다.

호국 성순장인 언니를 언젠가 따라잡을 것이라고 사람들의 입에 오르내리며 기대받았다.

아레스와 함께 위대한 형제를 둔 이의 숙명이기는 하지만, 어릴 적부터 우수한 형제와 비교당해 열등감에 시달리는 나날을 보냈었다. 그래서 피나는 노력으로 힘을 키우고, 겨우 그들의 등이 보이는 위치까지 올라왔다.

여기서 질 수는 없다. 소중한 사람을 지키기 위해서.

여기서 질 정도라면 언니를 따라잡을 수 없다.

여기서 지면 아무리 노력해도 타고난 재능에는 이길 수 없다고 증명하는 셈이다.

강한 염원을 실어 전개한 리안의 3중 마장벽은 엘리리야의 일격에 깨졌다.

"어?"

너무 순식간에 벌어진 일이라서 몸에 충격이 퍼진 후에도 무슨 일이 벌어졌는지 이해하지 못했다.

엘리리야가 가볍게 날린 핏방울이 줄지은 쇠기둥으로 변해 마장벽을 깨고 리안의 몸을 찌른 것이었다.

영문도 모른 채 하늘을 올려다보는 리안의 눈에서 저절로 눈물이 넘쳤다.

"거봐, 잔챙아. 너희같이 재능도 없는 것들이 엘리리야한테 이길 수 있을 리 없잖아. 자기가 특별하다고 믿고 싶은 건 알겠지만, 제발 현실을—."

말이 끝나기 전에 엘리리야가 날아갔다.

호무라는 자신이 무의식중에 엘리리야를 때렸다고 깨달을 때까지 잠시 시간이 필요했다. 불타는 자기 주먹에 열기와 통증을 느끼기 시작하면서 분노가 입 밖으로 튀어나왔다.

"거스르면 모두 위험해진다느니, 갈도르시아와의 관계가 어떻다느니, 아아아아아아아아아아무래도 상관없어요!"

호무라의 오른쪽 눈에 화염이 피어오르고 열기로 바람이 일었다.

"내 친구를 더 이상 욕하면 가만히 안 돼요."

친구를 깔봤다는 사실이 호무라를 떠민다.

얼굴을 맞은 엘리리야는 반쯤 넋이 나가 있었다.

"어? 맞았어? 엘리리야가?"

잠꼬대처럼 웅얼거리고 때린 장본인의 눈을 봤다.

"또 그 눈……. 그런 눈으로 보지 말라고 말했지……."

"저랑은『싸움』이 될 거예요. 아, 일방적인『제재』가 돼도 그러려니 해주세요."

호무라는 자신을 북돋기 위해서 큰소리치고 엘리리야에게로 지팡이를 내밀었다.

호무라는『부조리』에 저항한다.

누가 그녀를 멈춰야만 하지만, 여력이 있는 사람은 자신뿐. 무의식중에 얼굴을 갈긴 것이 발단이지만, 어차피 싸우기로 결단했을 것이다. 머릿속 깊은 곳으로 무엇을 해야 할지 이해하고 있었다.

"싸움? 제재? 아니야……."

엘리리야는 흐느적거리며 일어났다. 화상을 입었던 뺨도 이미 나았다.

"지금부터 시작하는 건 그냥 처형이야."

자신을 향한 적의에 호무라는 움직일 수 없었다.

두 사람은 거리를 두고 대치했다.

"너한테 엘리리야의 『혈조철련(血操鐵鍊)』이 어떤 마술인지 알려줄게. 흐르는 피를 조종해 피를 매개로 칠의 무구를 만드는 거야."

엘리리야가 담담하게, 하지만 살의를 담아 말한다.

"그건 보면 대충 알아요."

설명할 필요도 없이 지금까지 싸우는 모습을 보면 대강 유추할 수 있었다.

하지만 엘리리야가 하고 싶은 말은 그 뒤에 있었다.

"그럼 오늘 이 도시에서 **얼마나 많은 피가 흘렀는지**…… 알아?"

"서, 설마……."

호무라의 얼굴에 식은땀 한 줄기가 흐른다.

엘리리야가 자기 피를 묻힌 침권을 돌바닥에 힘껏 꽂자 그곳을 중심으로 지면이 요동치기 시작했다.

"위험해, 도망쳐!"

소리친 토레크는 치료해주던 신관을 둘러메고 달렸다. 그를 따라서 인근의 대원들도 도망쳤다. 하지만 호무라의 동료들만은 광장 바로 밖에 머물며 관전할 자세를 취했다.

지면의 고동은 광장 밖으로 퍼져나가 도시 전역으로 이르렀다.

"설마설마설마······!"

『도려내라! 짓뭉개라! 쳐 죽여라!』

침권을 묵직하게 들어 올릴수록, 거기에 동조해 도시에서 피 안개가 기둥처럼 뽑혀 올라와 광장으로 모여들었다.

《침궈어어어어어어어어어어어어언―!》
_{허리케인}

주문에 호응해 핏줄기는 원을 그리듯 고속으로 휘돌아 거대한 피 바퀴가 되었다.

《혈원조오오오오오오오오오오오오―!》
_{체인소}

이어 부르짖자 피 바퀴의 바깥쪽에 크고 예리한 쇳덩이가 나란히 연성되었다. 그렇게 피 바퀴는 거대한 회전 톱으로 변했다. 그 흉악하고 거대한 모습은 버킷 휠 굴착기라는 초거대 중장비를 방불케 했다.

"······."

호무라는 입을 다물지 못했고, 흘러나오던 불길도 분노와 함께 완전히 꺼졌다.

"모두 힘을 합쳐서 싸우지 않을래요······?"

강대한 적에게는 아군과 손을 잡고 맞서야 한다.

"네가 시작한 싸움이잖아."

"응원하마."

"힘내라~."

"파이팅……!"

하지만 아무도 손을 잡아주지 않았다. 동료는 모두 광장 밖에서 관망하고 있었다.

"그래! 한번 해보자아아아아아아—!"

악에 받친 호무라가 처음 한 행동은 돌바닥을 파내며 전진하는 혈원조를 옆으로 뛰어 피하는 것이었다.

"미리 말해 두는데, 쉽게는 못 죽을 줄 알아."

말은 그렇게 해도 스치기만 해도 빈사가 될 공격이었다.

엘리리야가 주먹을 지르자 혈원조가 떠밀린 것처럼 땅을 달렸다.

빠르다. 하지만 움직임은 직선적이고 다시 공격할 때까지 시간이 걸린다.

아무튼 이 기회에 반격하자. 호무라는 그렇게 생각하고 피하자마자 불을 분사했다.

하지만 위력이 부족해도 너무 부족했다. 고속으로 회전하는 혈원조는 바람을 휘감아 어지간한 화력으로는 톱날 부분에도 닿지 않았다.

호무라는 눈알을 굴렸다. 어떻게든 약점을 찾고 싶었다.

그러다 깨달았다. 사용자인 엘리리야의 상태가 이상하다는 것을.

처음 위치에서 한 걸음도 움직이지 않았다. 강대한 마술을 사용해 의식이 몽롱한지, 몸이 살짝 휘청거렸다.

"직접 공격이라면!"

다시 혈원조가 다가오기 전에 호무라는 달려갔다. 혈원조에 갈려 잔해가 산란한 바닥은 발 딛기가 불편했다. 걸려 넘어질 뻔하면서도 호무라는 악착같이 달렸다.

의식이 흐릿하다면 파고들 틈이 있다. 그곳을 노릴 수밖에 없다.

"여기다아아아아아아아아아―!"

적당히 불을 뿜어도 태울 수 있는 거리까지 들어가 지팡이에 불을 담았다.

피할 기미가 없다. 역시나 강대한 마술에 정신력을 대부분 쏟고 있다.

하지만 불을 분사하기 직전, 엘리리야가 왜 그런 허점이 생기는 마술을 썼는지 수상하게 생각했다. 혹시 무슨 대책이 있지 않을까.

그렇게 생각했을 때는 이미 호무라의 옆얼굴에 엘리리야의 다리가 날아들고 있었다.

호무라는 안면에 강렬한 킥이 꽂혀 날아갔다. 떨어뜨린 지팡이가 바닥을 두드리는 둔탁한 소리가 났다.

"설마 이 상태에서 싸우지 못할 줄 알았어? 재능 없는 잔챙이는 자면서도 죽일 수 있어."

땅을 구르는 호무라를 비웃었다. 엘리리야는 근접 전투가 특기가 아닌 상대라면 거의 조건 반사에 가까운 공격만으로 이길 수 있었다.

"저 녀석, 강한데."

"실력이 상당하군. 내가 만전의 상태라면 적수가 아니겠지만."

관전하는 사이코와 진은 태평하게 엘리리야를 평가했다.

"젠장, 나중에 패고 만다……."

호무라는 이를 갈았다. 근접이든 원거리든 이길 수 없다. 심신 소모를 노리고 장기전으로 끌고 가면 그만큼 자신도 죽음에 다가선다.

"눈빛이 좋아졌는걸! 그래도 아직 절망이 부족해!"

엘리리야가 손을 들어 광장 구석에 기절해 있는 리안과 아레스 위로 혈원조를 띄웠다.

"네가 나댄 탓에 이 벌레들이 죽는 거야!"

"리안!"

"절망에 짓눌려라!"

"리안, 도망쳐!"

손을 확 내리자 매달아 둔 실이 끊어진 것처럼 혈원조가 중력에 따르기 시작했다. 초중량의 쇳덩이가 움직이지 않는 두 사람의 몸을 뭉개 버리고자 떨어진다.

하지만 그 직후, 광장은 폭음에 휩싸이고 눈을 돌려야 할 만큼 밝아졌다.

"엉……?"

빛이 잦아들고 상황을 파악하던 엘리리야는 얼빠진 소리 밖에 내지 못했다.

"또 후회할 뻔했어요……."

호무라의 오른손에는 잔불이 일렁이고 있었다. 혈원조의 톱날이 리안에게 닿지 못하고 폭염(爆焰)에 녹아 버린 것이었다.

분노가 절정에 달한 호무라의 몸에는 다시 화염이 깃들고 등에는 화염 고리가 생겨 있었다.

"각오하세요. 제 불은 흉악할 거예요."

발치부터 요원지화가 퍼져 나갔다.

"넌, 대체……. 누구…… 아니, **뭐야!**"

발치가 지글지글 불타는 엘리리야의 눈에 기어코 공포의 빛이 섞였다.

"아직 여력은 있어!《침권 혈원조!》"

주먹을 한 번 더 땅에 꽂자 혈원조가 광장 상공에 출현했다. 그 수는, 넷.

엘리리야가 주먹을 내지르자 혈원조 네 개가 동시에 호무라를 덮쳤다. 네 개를 동시에 움직이자니 부담이 큰지,

이제는 서 있는 것도 고작처럼 보였다.

혈원조는 돌바닥을 갈면서 돌진했다. 4방향 동시 공격. 하나를 피해도 다른 혈원조가 덮친다. 도망갈 곳은 없고 엘리리야에게 다가갈 틈도 없다.

도망갈 곳은 없지만, 처음부터 도망갈 생각은 없었다.

호무라의 앞머리가 가열된 공기에 휘날렸다. 머리카락에 숨겨졌던 그 오른쪽 눈은 찬란히 빛나고 있었다.

타오르는 불꽃을 띤 눈동자가 다가오는 혈원조를 포착했다. 그 순간, 네 개의 폭염이 하늘을 수놓았다.

"무슨……."

폭염이 사라진 뒤에는 혈원조의 파편조차 남아 있지 않았다.

엘리리야는 좀처럼 믿어지지 않는 광경을 목도하고 악을 쓸 뿐이었다.

"뭐야, 그 힘! 무서워하는 건 너뿐이면 돼! 왜 엘리리야가 너를 무서워해야 해!"

"눈빛이 좋네요! 그래도 아직 절망이 부족해요!"

호무라가 두른 불이 더 세차게 타올랐다. 한편, 눈동자에 깃들었던 불은 사라지고, 부담이 컸는지 오른쪽 눈에서 피눈물이 흘러내렸다. 그래도 호무라는 웃고 있었다.

"그 눈! 그 눈! 그 누우우우우우우우우우우우우우운! 그게 마음에 안 든다고 하잖아아아아아아아아아아아—!"

입에 거품을 무는 엘리리야는 더는 여유가 없는지 혈원
조를 꺼내지 않았다. 휘청거리는 몸으로 근접전 자세를 취
하고 침권으로 달려들었다.

"싸움이 안 되네요."

불이 광장을 흔들고, 비추었다.

호무라는 만신창이인 엘리리야를 무자비하게 불로 감싼
것이었다. 물론 힘 조절을 해서 죽지는 않겠지만, 움직이
지 못할 정도로 중상을 입었을 것이다.

허무한 마무리에 부족함을 느끼며 이글거리는 욕망이 얼
굴을 디밀지만, 허무해도 상관없다고 호무라는 마음을 진
정시켰다.

시야 한쪽에는 급히 돌아온 아레스의 동료가 두 사람을
챙기고 있었다.

이제는 엘리리야를 치료하고 구속하면 끝이다.

이로써 임무 완료. 그렇게 생각한 순간, 강렬한 한기가
등줄기를 타고 올라왔다.

직감적으로 엘리리야를 돌아보자 그곳에서 불길한 붉은
빛이 맥동하고 있었다.

그 빛의 출처는 엘리리야가 목에 찬 초커, 거기 달린 장
식품인 붉은 보석이었다.

"응? 무슨 일이……?"

"위험하다, 호무라. 얼핏 봤을 때부터 안 좋은 기운을 느

겼는데, 저건 이 요도와 같은 주물이다."

주물의 감촉을 아는 진이 말했다.

"조종당한다는 뜻이에요?"

"주물? 조종? 그딴 거 몰라……. 그래도 힘이 솟아나……."

붉게 짓물렀던 엘리리야의 피부가 점차 재생됐다.

"너희를 전부 죽여 버리고, 이 도시를 전부 부숴 버릴 정
도로!"

일어선 엘리리야가 침권을 땅에 꽂자 도시에 묻었던 피
를 한 방울도 남기지 않고 짜낸 것 같은 핏줄기가 광장으
로 모여들었다.

"《황뢰도(荒擂屠)! 혈원조—!》"

황뢰도 혈원조는 먼젓번 다섯 개보다도 거대하고 톱날
같은 쇳덩이가 불규칙하게 더덕더덕 붙었지만, 살의가 넘
쳐흐르는 예리함을 자랑했다.

아마 엘리리야 본인에게도 여력은 없을 것이다. 목에 찬
주물이 엘리리야의 힘을 억지로 증폭했을 뿐이다.

"으깨져라아아아아아아아아아아아—!"

황뢰도 혈원조는 다른 다섯 개와는 비교가 되지 않을 만큼
고속으로 회전해, 깨부순 돌바닥을 날려 버리며 돌진했다.

일직선으로 달려오는 육중한 살의를 향해 호무라는 왼손
을 내밀었다.

"불타라아아아아아아아아아아아아아아—!"

그 순간, 엄청난 열과 빛이 광장을 삼켰고, 온 도시가 폭음으로 진동했다.

초거대 폭염을 터뜨린 호무라의 왼팔은 완전히 불타서 축 늘어졌다.

"뭐……!"

하지만 흉악한 혈원조는 겉면만 그을렸을 뿐 여전히 건재했다.

호무라는 폭염을 뚫고 돌진하는 혈원조를 종이 한 장 차이로 피하고 잔해 위로 쓰러졌다. 땅에 미끄러진 살이 죄다 까지고 돌 파편들이 피부를 찢고 박혔다.

"크으ㅡ!"

통증을 버틸 여유도 없이 혈원조는 광장 밖을 부수며 선회해 돌아왔다.

이번에는 호무라가 만신창이였다. 오른쪽 눈은 잘 보이지 않고, 왼팔은 쓰지 못한다. 그래도 다가오는 혈원조를 몇 번이고 피했다.

거대 혈원조는 지나는 길에 있는 도시까지 겸사겸사 파괴했다. 피난소인 대형 풍차와 성벽에도 파괴의 손길이 뻗칠 뻔했고 그때마다 비명이 터졌다.

본인을 직접 칠 수밖에 없다. 그렇게 생각해 조종자인 엘리리야에게 눈을 돌리자 엘리리야 주위에는 그녀를 지키듯 무수한 유자철선이 꿈틀대고 있었다.

"이, 이러면 못 다가가! ……아니, 그게 문제가—."

그때 눈치챘다. 엘리리야의 상태가 더 이상해졌다는 것을.

엘리리야는 강대한 마술을 행사해 당연히 엄청난 부담을 짊어졌다. 그래서 엘리리야는 코피를 쏟고 피눈물을 흘리고 있었다. 입에서는 피가 좌르르 흘러넘치고 눈은 초점이 없었다.

"엘리리야 씨, 이제 그만해요! 그러다 죽어요!"

엘리리야는 불러도 반응하지 않았다. 목소리가 닿지 않는다. 조종당하지 않는다고 본인이 말했지만, 이 상태는 정상이 아니었다.

"야, 호무라!"

사이코가 외쳤다.

"그러고 보니 아까 상어녀가 『동료가 한 명 더 있다』고 했어! 어쩌면 그 꼬맹이, 마왕의 수작으로 이상해진 거야!"

"이 도시에 오게 된 원인도 거친 성격이 더 거칠어졌기 때문이라고 했고……."

엘리리야는 유괴 사건을 경계로 성격이 표변했지만, 무슨 이유에선지 성격이 더 거칠어진 적이 있다고 한다. 그리고 약 1년 전, 그 성격 격화가 원인으로 오렐리크로 보내졌다.

"설마 이미 그 시기부터 마왕의 마수가……!"

다시 엘리리야를 봤다. 초점 없는 눈이 마치 도움을 요청하는 것처럼 보였다.

본인도 눈치채지 못하는 사이에 정신 간섭이 그 몸을 좀 먹었을지도 모른다.

"구해야 해……."

호무라는 상처투성이인 오른손을 꽉 쥐었다.

"제재도 싸움도 아니야. 해야 할 건, 구제!"

전신을 찌르는 고통을 정신력으로 무시하고 엘리리야를 구하겠노라고 선언했다.

"확실하게! 한 방으로!"

실수하면 자신이 죽는다.

한다면 일격에 부숴야만 한다.

망설일 여유도 없다.

가슴속에 솟아오른 충동은 죽음의 공포조차 날려 버렸다.

"기다리세요, 엘리리야 씨."

도망치기만 하면 지금도 생명을 깎아 먹고 있는 엘리리야는 알아서 죽는다. 그러면 굳이 스스로 위험에 뛰어들지 않아도 된다.

하지만 죽어도 그렇게 하지 않는다.

눈앞의 소녀를 구하라고, 뜨거운 충동이 호무라의 마음에 불을 붙였다.

"열―!"

호무라는 죽을 각오로 달렸다.

"궈어어어어어어언—!"

들어 올린 오른손이 불타오르고, 빨갛게 달궈진다.

달리는 발이 내딛는 곳에 불기둥이 치솟는다.

"구우우우우우우우우우우우우우우우우우우우우—!"

꿈틀거리는 유자철선이 호무라에게 달려들어 찌르고 박히며 휘감는다.

하지만 호무라는 멈추지 않는다. 열을 품은 몸이 얽혀든 유자철선을 녹인다.

거대 혈원조가 등 뒤까지 따라붙어도 호무라는 엘리리야를 구한다는 그 일심으로 불태운다.

"제에에에에에에에에에에에에에에에에에에—!"

잔악무도한, 하지만 비극의 주인공인 소녀와 참극의 원흉인 초커를 향해 호무라는 혼심의 힘과 화염을 담아 주먹을 내질렀다.

굉음, 작열, 현요(眩耀). 태양이 떨어졌다는 착각이 들 정도의 불은 도시를 대낮처럼 비췄다.

그리고 호무라는 중얼거렸다.

"너, 너무 심했나……."

에필로그 『속내를 터놓다』

The Devil's Army, Decimated
By My Flame the World Bows Down

"죽이려면 죽여, 이 잔챙이! 으아아아아아아아아아아앙!"

엘리리야는 주저앉아 엉엉 울었다.

"안 죽인다니까 그러네요. 진정하세요."

호무라가 어린애를 달래듯이 말하지만, 엘리리야는 말을 듣지 않았다.

"시끄럽네, 이 꼬마. 원하는 대로 해주는 게 낫지 않아?"

"그런 소리를 하니까 더 울잖아요!"

점점 짜증이 난 사이코가 독설을 뱉었다.

정말로 싸움이 끝나고 도시에 고요함이 돌아왔다. 중앙 광장에 울리는 새된 울음소리 외에는······.

부상자 치료가 무사히 끝나고, 꽤 부상이 심각했던 토레크와 아레스 일행도 잔해 철거 작업에 참가했다.

엘리리야는 얼굴을 중심으로 상반신에 큰 화상을 입고 목숨만 붙어 있는 상태였다. 때린 호무라 본인도 힘이 너무 실려 죽었을까 봐 조마조마했지만, 엘리리야의 신체 강화 마술이 어찌나 강인한지 최악의 사태는 면할 수 있었다.

"엘리리야, 괜찮니?!"

"시끄러워! 엘리리야 마음도 모르는 주제에!"

치료가 끝나고 의식을 찾은 엘리리야는 자신이 놓인 상황을 이해하고 중죄인으로 처형될 거라는 생각에 오열하는 중이었다. 달려온 아버지에게조차 강한 거부를 드러냈다.

"엘리리야 씨, 안심하세요. 정말로 안 죽이니까."

"그럼 어떡하려고! ……알았다, 사람들이 보는 앞에서 고문하려는 거지!"

"그런 짓 안 해요."

"거짓말, 안 믿어…….."

호무라가 다정하게 어르자 엘리리야는 조금 침착함을 되찾았다.

"더 힘들고 괴로운 일을 시킬 거예요."

"으아아아아아아아아아아아아아아앙!"

되찾은 침착함을 호무라가 박살 냈다.

"너도 겁주잖아!"

"아니, 우는 모습이 귀여워서 그만…….."

"너, 장난 아니다…….."

건방진 소녀가 자기 뜻대로 울부짖는 것을 보고 호무라는 알 수 없는 배덕감에 오싹거렸다. 그런 호무라를 보고 사이코는 소름이 돋았다.

"그래도 정말 엘리리야 씨를 상처 주지는 않을 거예요."

"그러니까 뭘 할 거냐고……. 뭘 시킬 거냐고……."

호무라는 쭈그려 앉아 엘리리야와 눈높이를 맞췄다.

"그 전에 물어봐도 될까요?"

"뭘……."

"엘리리야, 혹시 공포가 없으면 자신을 봐주지 않는다고 생각해요?"

엘리리야는 살짝 고개를 끄덕였다.

"엘리리야가 평범한 아이가 아니니까 그게 보통이랬어. 엘리리야, 쭉 『엘리리야』가 아니라 『부잣집 자식』으로만 취급받았어……. 그래도 유괴됐을 때, 유괴한 인간을 죽이려고 했더니 『부잣집 자식』이 아니라 『엘리리야』 자체를 무서워해 줬어……. 그때, 처음으로 내가 세계에 있다고 느꼈어. 그래서 무서워하지 않으면 안 된다고……."

"그랬니, 미안하다……. 나는 부모 자격이 없군. 모자란 것 없이 살게 해주면 충분하다고만 생각했어. 너는 불만을 말하지 않는 아이였으니까 고민도 없는 줄 알았지. 이렇게 된 것도 다 내 책임이야……."

"뭐야, 이제 와서……."

영주는 딸의 고백을 듣고 그 고뇌를 알아주지 못한 자신을 부끄럽게 여겼다.

"이게 일단 첫 번째네요. 성격이 거칠어진 이유는."

그리고 호무라는 보석이 부서진 초커에 눈길을 줬다.

"두 번째는 그 초커, 언제 어디서 얻었죠?"

"이건…… 이곳에 오기 전이니까 한 1년 전? 패도 되는 도적을 찾아서 도시 밖을 돌아다니다가 마침 상인이 습격받고 있어서 구해줬어. 그랬더니 답례로 이걸……. 엄청 예쁘고, 어울린다고 해줘서 차고 다닌 거야."

"도중에 살짝 신경 쓰이는 부분이 있었지만…… 뭐, 넘어갈까."

주물의 영향 이전에 원래 과격한 성격이었나 보다.

"이걸 차고 있을 때는 평소보다 기분이 좋고 힘도 솟아나서…… 아아, 이게 엘리리야를 구해주는 부적이구나, 라고 생각했어. 그런데……."

"네. 그건 사실 주물이었어요."

엘리리야는 고개를 숙였다.

"야, 건방진 꼬맹이. 그 상인, 여자였냐?"

"응. 예쁜 여자였어."

"상어녀에게 『주혈』을 넘긴 것도 여자였다고 해. 어쩌면 네가 찬 초커의 보석, 『주혈』이 섞여 있었을 가능성이 있어."

"그래도 상인은 평범한 인간이었는데?"

"인간으로 둔갑하는 녀석이거나 인간이 협력했을 수도 있지. 어느 쪽도 가능성은 있어."

"그럴 수가……."

마왕군은 생각보다 강대하고, 흉악하고, 교활했다.

그 이야기를 듣고 호무라는 결론을 내렸다.

"정했어요. 엘리리야 씨는—."

엘리리야는 긴장하고 몸을 움츠렸다.

"이 도시를 지키세요."

엘리리야는 그 말을 이해하지 못해 잠시 머리가 정지했다.

"그게 다야……?"

"다예요."

"그게 뭐가『힘들고 괴롭다』라는 거야?"

이해하지 못했는지, 호무라는 가능한 한 말에 가시가 없도록 말했다.

"엘리리야 씨, 주물의 영향도 있었지만, 당신은 지금까지 많은 사람을 상처 입혔죠?"

죄인 제재와 마족 학대. 그로 인해 벌어진 어촌 몰살과 도시 습격. 주물 때문이라고는 하나, 원래 가학적 성격이었던 — 정확히는「그렇게 된 것」이지만 — 탓에 피해를 전부 주물 탓으로 돌릴 수는 없다.

하지만 그렇기에 아직 바로잡을 수 있다. 호무라는 그렇게 생각했다. 그녀가 왜 잔악무도한 행위를 반복했는지 알았으니까.

"당신에게 상처받은 사람은 당신을 원망하겠죠. 당신의 벌은 그런 사람들에게 손가락질당하면서도 지금까지 해

온 일의 무게를 짊어지고 도시에 봉사하는 거예요. 이건 죽음보다 가혹해요."

죄를 짊어지고 사는 것이 얼마나 힘든가. 사람은 자신을 지키기 위해서 죄에서 도망치고 싶어 한다. 그렇기에 그것과 마주하는 것이 최대의 벌이 될 수 있다.

"그러다 보면 분명히 도시 사람들도 엘리리야 씨를 제대로 봐줄 거예요."

엘리리야는 눈을 크게 뜨고, 있을 리 없는 세계를 알게 된 표정을 지었다.

"정말?"

"네, 정말로요. 처음에는 잘되지 않겠지만."

"왜…… 엘리리야한테 그렇게까지 해줘? 나쁜 짓을 했으니까 때린 거잖아? 주물이 없어도 많은 사람을 상처 줬는데."

"닮아서요. 저도 주변 사람들 때문에 어떻게 행동해야 할지 잘 몰랐으니까."

엘리리야는 타인에게 공포를 심으려고 안간힘을 썼다. 자신의 존재 증명을 위해서.

"그렇게 됐는데, 어떻게든 안 될까요?"

뒤처리 지휘를 얼추 끝낸 토레크도 이야기를 듣고 있었다.

"알았어. 사람들이 알아주도록 노력할게."

"나도 나라와 협상을 하지."

영주도 토레크에 이어 말했다.

"그리고 아저씨 팔이 이 모양이 된 것도 다들 알아주도록 노력해야겠고."

원흉인 사이코는 하늘을 보며 휘파람을 불고 있었다. 뻔뻔하다.

"들었죠? 이번에는 제대로 좋은 모습을 보여주도록 노력하죠."

"어차피 안 돼……."

하기도 전에 포기한 엘리리야에게 억지로라도 등을 밀어주는 말을 들려준 사람이 있었다.

"안 돼도 해. 그게 『가진 자』의 사명이야."

아레스는 험악한 얼굴로, 하지만 적의가 없는 눈으로 말했다.

"『가진 자는 가지지 못한 자의 방패가 되어라』. 네 고향에서는 못 들었을지도 모를 신조지만, 이건 어디서나 적용되는 진리라고 나는 생각해."

"가진 자는, 가지지 못한 자의 방패가 되어라……."

아레스에게 배운 신조를 엘리리야가 복창했다.

"화는 나지만, 네가 나보다 강하다는 사실은 인정하지 않을 수 없어. 그 힘은 누군가를 상처입히기 위해서도, 자신을 위해서도 아니라 다른 사람을 지키기 위해서 써."

아레스는 자신을 괴롭히고 매도한 상대에게도 고결한 마음가짐으로 다가섰다. 그리고 그 말은 결과적으로 누군가를 도울 뿐이고 자기 멋대로 힘을 쓰는 호무라 일행에게 비수처럼 꽂혔다.

"죄를 죄라고 생각한다면 당당히 짊어지고 속죄해. 그것 말고 길은 없어. 만약 그래도 부조리한 규탄을 하는 자가 있다면, 내가 지켜줄게."

"아, 정말…… 하면 되잖아. 해줄게. 엘리리야가 지키는 한 무슨 일이 있든 한 명도 다치게 두지 않아."

"좋네, 그 포부."

금순 대원인 토레크가 거들어주면 갈도르시아도 나쁘게 취급하지는 않을 것이다.

"우리는 당분간 이곳에서 임무를 수행해야 해. 내가 있는 동안은 철저하게 그 언동을 교정할 거야."

"나는 솔직히 너를 좋아하지 않지만, 아레스 님이 말씀한다면 교육 담당이라도 되어줄게."

아레스에 이어 리안도 엘리리야를 엄하면서도 다정한 태도로 대했다.

"잔챙이 주제에……."

그러나 하루아침에 성격이 바뀌지도 않는지, 엘리리야는 목소리를 죽여 욕했다.

"다. 들. 려!"

엘리리야의 머리 위로 주먹이 떨어졌다.

그러자 주인이 공격받았다고 생각했는지, 그림자에서 피

핥기 고양이가 튀어나왔다.

"쉬이이이이이이익—."

기분 나쁜 울음소리로 위협한다.

"미이, 그만!"

엘리리야가 다정하게 혼내자 피 핥기 고양이는 그릉그릉 목을 울리며 주인을 핥았다.

"힘으로 복종한 느낌은 아니네……."

마음속으로 그렇게 생각했던 리안이 무심코 말해 버렸다.

"무슨 소리야? 미이는 아빠에게 선물받아서 어릴 적부터 키웠으니까 나를 따르는 거라고."

"그래. 귀여워서 사줬지."

"평범하게 길들여?! 마수를 선물해?! 부자를 이해하지 못하겠어!"

그건 본래 엘리리야의 심성이 곱다는 증거였다.

그런 대화를 듣다가 토레크가 다섯 명을 불렀다.

"뒷일은 걱정할 필요 없어. 아저씨가 어떻게든 할 테니까. 도시 복구도, 엘리리야와 도시 사람들의 관계도, 그리고 아버지와의 관계도. 지금 생각하면 결국 아저씨나 엘리리야의 아빠나 고민하는 척하며 도망쳤던 것뿐이야. 내가 다칠까 봐 무서워서 깊이 파고들지 못했어."

어른인데 한심하다며 토레크는 쓴웃음을 지었다.

"그리고 하나 더……. 아저씨가 움직이고 싶어도 움직일 수 없던 이유 말인데."

거기서 목소리를 한층 낮추고 호무라 일행에게만 들리도록 말했다.

"붙잡혀 있던 마족, 그거 셸스해 연합에서 비밀리에 선물한 거야. 엘리리야의 공격성을 발산시킨다는 명분이었지만, 이번 사건으로 알았어. 저쪽에 마왕군 협력자가 있어. 혹은 마왕군이 직접 꼬드겼거나. 엘리리야를 구속할 방법은 얼마든지 있어. 처리할 방법도. 그래도 그런 수를 쓰지 않은 건 습격 사건을 일으켜 혼란을 야기하고 싶었기 때문이겠지. 뭐, 전부 아저씨의 추측이지만."

"아뇨, 가능성이 큰 추측이라고 생각해요. 파르메아 님에게 보고해 둘게요. 물론 혼란을 피하기 위해서 다른 곳에는 말하지 않을게요."

"정말로 고마워."

……그렇게 이야기가 정리되자 프로토가 지긋지긋하다는 듯 말을 꺼냈다.

"슬슬 출발하지 않을래? 멀리서 쳐다보는 거 기분 나빠."

그 말대로 멀리서 프로토와 츠츠미를 쳐다보는 사람들이 있었다. 토레크가 있으니까 문제가 일어나지 않지만, 그렇지 않다면 뭔가 공격적인 행동을 해도 이상하지 않았다. 도시는 방금 막 마물에게 파괴됐으니까.

"그러네요. 갈까요."

"뭐야? 너희 벌써 가?"

떠나려는 분위기를 감지하고 아레스가 말을 걸었다.

"너희에게는 놀랄 일뿐이었어. 좋은 의미로든 나쁜 의미로든. 나라면 이런 형태로 해결하지 못했을 거야."

아레스는 입가에 미소를 지었다.

"의외로 너희 같은 사람이 필요할지도 모르겠군, 이 세계에는."

"그렇지?"

"넌 필요 없어."

사이코의 득의양양한 얼굴을 보지도 않고 존재 자체가 불필요하다며, 아레스는 딱 잘라 말했다.

아니나 다를까, 드잡이가 시작됐다.

"호무라, 또 언젠가 만나."

"그래요, 리안 씨!"

"그때는 또, 편하게 불러줘."

"아……! 정신이 있었어요?"

리안이 죽을 뻔했을 때, 반말로 외친 기억이 있었다. 어렴풋이.

"희미하게 들렸을 뿐이지만, 다음에는 제대로 듣고 싶어."

"선처할게요……."

의식하면 역시 존댓말이 빠지지 않았다. 착한 아이가 되려고 발버둥 친 반생이 마음에 찌들어 있었다. 그래도 노력해 보자.

✦

이야기도 그쯤에서 끝내고 호무라 일행은 광장을 떠났다.

토레크가 「마차라면 마음대로 써도 된다」라고 했으니까 적당한 마차를 빌려 프로토가 끌었다.

"그럼 일도 끝났으니까 갈도르시아로 돌아갈까요."

"아니, 잠깐. 들렀으면 하는 곳이 있다."

웬일로 진이 자기 희망을 밀했다.

"안 좋은 예감이……."

호무라는 은근히 이렇게 되지 않을까, 경계했었다. 그래서 그 이야기를 꺼내기 전에 갈도르시아로 진로를 잡고 싶었던 것이다.

"그래, 스쿨 마을이다. 부러진 칼을 고치고 싶어. 똑같은 것은 어렵겠지만, 적어도 비슷한 것을 만들어줬으면 해."

원래 살던 세계의 문화가 묘하게 나타나는 이상한 장소, 스쿨 마을.

"역시! 요도, 결국 썼잖아요? 그거면 안 되나요?"

"다루기 어렵다."

"뭐, 피를 빨고 싶어 하는 요도니까요……."

어쩔 수 없다고는 하나, 무심결에 한숨이 나왔다.

"칼만이 아니야. 내가 찾던 **그것**이 있을지도 몰라."

언제나 진지한 얼굴인 진이 지금은 한층 더 진지한 얼굴을 하고 있었다. 그렇게나 찾던 것이 있을지도 모른다고 한다.

"『**그거**』……?"

그리고 말했다.

"쌀."

"가요!", "오랜만에 먹겠어.", "주먹밥, 먹고 싶어……!"

부쩍 흥미가 솟았다. 내 몸의 피가 쌀을 갈망한다.

"하여간, 역시 이해할 수가 없어…… 인간은."

마차 밖에서 이야기에 끼지 못하는 프로토만이 냉랭한 눈을 하고 있었다.

"그래도 이해할 수 없는 부분이 많은데도 같이 지내기 편한 게 우리답네."

"프로토, 뭐라고 했어—?"

"에너지원 정도로 그렇게 기뻐하다니, 하등생물도 힘들게 사는구나 싶어서."

"뭐라고!"

달빛만이 비추는 조용한 숲길로 소란스러운 마차가 달려갔다.

오랜만에 뵙습니다. 스메라기 히요코입니다.

드디어 나왔네요, 2권. 1권이 나온 게 재작년 12월이고, 2권은 해를 두 번 건너뛰고 12월 말. 이렇게 간격이 비는 데는 뭔가 특별한 이유가 있는 게 틀림없어. 암, 그렇고말고.

그런 게 있겠냐, 멍청아! 작가가 느려 터졌을 뿐이야!

……라는 건 거짓말! 많은 일이 있었어요! 발단은 집필 속도 때문이지만!

집필이 느린 탓에 도미노처럼 다양한 사정이 생겨 발간이 이렇게나 늦어지고 말았네요. 에헤헤.

그 사정이란, 무엇을 숨기랴, 담당 편집자님이 두 번이나 바뀌었습니다.

두 분 다 불가피한 사정으로 교체됐고 최종적으로 레전드 편집자님이 담당해주시게 됐죠. 애니화도 된, 누구나 다 아는 작품을 담당하시던 편집자님입니다. 한때는 라이트 노벨 편집에서 발을 빼셨는데, 복귀하려는 타이밍에 마침 붕 떠버린 제가 있었다고 하네요. 이 얼마나 기막힌 운명인가요.

그래서 편집자님마다 작품의 방침이 달라서 그때마다 원고를 고쳤던 것이 발간이 늦어진 큰 이유입니다.

다만, 돌아볼 시간이 단순히 늘었고 다양한 시점의 분석과 충고로 작품도 작가도 성장했다고 생각합니다. 특히 자신이 화무세를 어떤 작품으로 만들고 싶은지 다시 생각할 계기가 되었습니다.

결국 저도 납득할 수 있는 작품이 됐으니까 느린 집필이 돌고 돌아 좋은 결과가 되었구나, 싶네요.

그래도 독자 여러분을 기다리게 해드린 점은 변함없으므로 앞으로는 발간 속도를 앞당기고 싶습니다. 작가로서 실력이 한 단계 올라간 느낌이 드니까 기대해주세요!

그럼 다음 이야기로 넘어가서, 저를 둘러싼 인간관계에서 변한 것은 담당 편집자님만이 아닙니다. 배경 담당 일러스트레이터분이 바뀌었죠. 텟타 선생님, 앞으로 잘 부탁드리겠습니다! 진에게 어울리는 상쾌하고 멋진 배경 일러스트를 그려주셔서 감사합니다. 그리고 「마왕군, 썰어 봤다」라는 위험한 부제목을 써서 죄송합니다. 아, 전 담당자 mocha 선생님과 싸우고 헤어진 건 아니니까 걱정하지 마세요!

메인 일러스트레이터는 계속해서 Mika Pikazo 선생님이 담당해주셨습니다. 이번에도 생기 넘치는 멋진 캐릭터

디자인에 감사드립니다! 그리고 컬러페이지에 나온 프로토의 허벅지! 프로토의 허벅지로 수박 깨기 당하고 싶다…… 그렇게 생각한 독자분이 많겠죠. 저도 그랬거든요. 감사합니다. 감사합니다. 언젠가 선생님의 개인전에 가고 싶네요.

그리고 화무세 만화판도 시작되어 그림은 코유키 선생님이 담당해주십니다. 코미디와 시리어스를 오락가락하는 본 작품을 능숙하게 표현하는 멋진 만화가십니다. 만화화는 단순히 소설을 만화로 그리는 게 전부가 아니에요. 소설적인 표현을 만화에 맞게 표현하거나 만화의 틀에 맞추면서 자연스러운 흐름으로 내용을 바꾸기도 하죠. 소설과 만화는 정보를 채우는 방식이 달라서 다른 분야지만 창작가로서 배울 게 많습니다. 원고 확인이 매번 즐거워요, 특히 서비스 신.

세 분의 일러스트와 만화를 받을 때마다 흥분으로 괴성을 지르면서 집 안을 뛰어다닌답니다. 이건 정말이에요(거짓말).

그럼 이번에는 내용에 관해 이야기할까요. 이번에는 진과 프로토가 활약했습니다. 과거 이야기는 진이 메인이었지만요. 2권은 진이 자신의 갈등과 마주하는 이야기입니다. 진은 사실 꽤 솔직하지 못한 성격이에요. 그런 그녀가 자신의 본심을 깨달으면서 진취적으로 나아갈 수 있게 됐습니다. ……진취적인가? 그다지 흉내 내고 싶지 않은 진취네요.

후기부터 읽는 분도 계신다고 하니까 진에 관한 이야기는 여기까지 할까요.

호무라도 속도는 느리지만, 서서히 성장하고 있습니다. 능력뿐 아니라 정신도요. 그리고 진과의 의외성 있는 관계도 판명됐죠. 아마 진은 그 관계를 앞으로도 말하지 않을 것 같습니다. 애초에 이 다섯 명은 서로에게 깊이 파고들지 않아요.

전권과 이번 권에서 호무라와 진의 과거가 밝혀졌지만, 본인 외에는 그것을 알지 못합니다. 말하기 싫으면 안 해도 된다. 말할 필요가 없으니까 안 한다. 그리고 서로「그래도 된다」라고 생각하죠. 그래도 동료로서 할 수 있는 일은 한다. 너무 가깝지도 멀지도 않은 거리감이지만, 깊은 곳에서는 이어진, 그런 다섯 명입니다.

아무튼 이번에도 개성 강한 캐릭터를 표현할 수 있어서 즐거웠습니다. 썰렁한 패러디도 넣어서 좋았어요. 앞으로도 정크 푸드처럼 자극적인 캐릭터와 스토리라는 햄버거 같은 소설을 쓸 예정이므로 잘 부탁드립니다.「쓸 예정」이라고 했지만, 아직 미래가 불안하니까 부디 응원해주시기

바랍니다! 포교도 팍팍 해주세요! 마지막 권까지 달리고 싶어요!

　그럼 이쯤에서 후기를 끝낼까 합니다. 꼭 3권에서 뵙시다. 3권은 성도 갈도르시아가 위기에 빠집니다. 거기서 활약하는 건 다름 아닌 사이코와 츠츠미! 호무라의 초능력에 관해서도 쪼~끔 언급하고, 마왕군 간부도 잠깐 나와 이야기가 움직일 예정입니다.
　그런고로, 3권을 기대해주세요! 열심히 써낼 테니까요!

　추신: APEX 플레이 시간이 1,000시간을 넘었지만, 실력이 좀처럼 늘지 않습니다. 2천 망치는 몇 번 땄지만, 그 이상은 영……. 무슨 일이든 그렇지만, 막연하게 하면 갈 수 있는 상한선이 딱 정해진 느낌이네요. 당연한 소리지만. 집필도 취미도 매일 노력하는 중입니다.

「화무세」 2권!
이번에도 화무세의 아이들은
피투성이, 상처투성이라서
가슴이 두근거렸습니다.
노력하는 여자아이는
귀엽네요!!
새로운 캐릭터도
귀여워서 최고였습니다.
감사합니다!

「화무세 2」 발매!

축하합니다!

처음 뵙겠습니다!
이번 권의 배경화를 담당한 텟타입니다.

사실 1권에서도 흑백 삽화의 배경을
일부 그렸는데,
계속해서 화무세 제작에 참여할 수 있어서
정말로 기쁩니다.
최대한 즐겁게 그리겠습니다!

화무세는 캐릭터가 모두 개성적이라서
대화가 재미있고,
무엇보다 정말로 귀엽네요…….
저는 그중에서도
츠츠미가 마음에 꽂혔습니다…….

앞으로도 모두의 활약을 기대합니다!
구매해주셔서 정말로 감사합니다.

빠! 학교 수영복!

내 화염에 무릎 꿇어라, 세계여 2

초판 1쇄 발행 2025년 2월 10일

지은이_ Sumeragihiyoko
일러스트_ Mika Pikazo
옮긴이_ 김장준

발행인_ 최원영
본부장_ 장혜경
편집장_ 김승신
편집진행_ 권세라 · 최혁수 · 김경민 · 최정민
편집디자인_ 양우연
국제업무_ 박진해 · 조은지 · 남궁명일
관리 · 영업_ 김민원 · 조은걸

펴낸곳_ (주)디앤씨미디어
등록_ 2002년 4월 25일 제20–260호
주소_ 서울시 구로구 디지털로 32길 30, 코오롱디지털타워빌란트 1301–1308호
전화_ 02–333–2513(대표)
팩시밀리_ 02–333–2514
이메일_ lnovellove@naver.com
ㄴ노벨 공식 카페_ http://cafe.naver.com/lnovel11

WAGA HOMURA NI HIREFUSE SEKAI Vol.2 MAOGUN, BUTTAGITTEMITA
©Sumeragihiyoko, Mika Pikazo, Tetta 2024
First published in Japan in 2024 by KADOKAWA CORPORATION, Tokyo.
Korean translation rights arranged with KADOKAWA CORPORATION, Tokyo

ISBN 979–11–278–8062–0 04830
ISBN 979–11–278–7801–6 (세트)

값 8,500원

곰 곰 곰 베어 1~20.5권

쿠마나노 지음 | 029 일러스트 | 이소정 옮김

게임이 현실보다 재밌습니까?—YES
현실 세계에 소중한 사람이 있습니까?—NO

……온라인 게임 설문 조사에 대답했을 뿐인데
말도 안 되는 이세계(아마도)로 내던져진 나, 유나.
은톨이 경력 3년의 폐인 게이머.
맨 처음 장착하게 된 장비템이 「곰 세트」라니…….
이게 무어야—!?
하지만 세고 편하니까 뭐, 괜찮으려나?
울프를 쓰러뜨리고, 고블린을 쓰러뜨리고
극강 곰 모험가로서 일단 해볼까요.

은둔형 외톨이 소녀, 이세계에서 무적의 곰 모험가가 되다!

라이트노벨의 새로운 빛! L노벨의 신간은 매월 10일에 발매됩니다. http://cafe.naver.com/lnovel11

© Matsuura, keepout 2022
KADOKAWA CORPORATION

아빠는 영웅, 엄마는 정령, 딸인 나는 전생자. 1~9권

마츠우라 지음 | keepout 일러스트 | 이신 옮김

연구직에 몰두하던 전생(前生)을 거쳐 전생(轉生)했더니
원소의 정령이 되어 있었습니다.
아버지는 전 영웅이고 어머니는 정령의 왕.
저 또한 치트 능력을 받았습니다…….
아버지와 어머니, 그리고 정령들에게 사랑을 듬뿍 받으며
쑥쑥(본의 아니게 겉모습만 빼고!) 자라던 어느 날,
아버지와 함께 방문한 인간계에서 어쩌다 보니 임금님의 주목을 받게 되고,
그 탓에 가족이 위기에……?
"확실히 부숴버릴 테니 각오해 주세요."

**정령 엘렌, 전생의 지식과 정령의 힘을 구사하여
소중한 가족을 지키겠습니다!**

라이트노벨의 새로운 빛! L노벨의 신간은 매월 10일에 발매됩니다. http://cafe.naver.com/lnovel11

프리 라이프 이세계 해결사 분투기 1~9권

키가츠케바 케다마 지음 | 카니빔 일러스트 | 이경인 옮김

이세계 생활 3년째인 사야마 타카히로는
해결사 사무소《프리 라이프》의 빈둥빈둥 점주.
하지만 사실은, 신조차도 쓰러뜨릴 수 있는
세계 최강 레벨의 실력자였다!
게으름뱅이지만 곤란한 사람을 내버려 둘 수 없는 타카히로는
못된 권력자를 혼내주거나,
전설급 몬스터에게서 도시를 구하는 등 대활약.
사실은 눈에 띄고 싶지 않은데
개성적인 여자아이들에게도 차례차례 흥미를 끌게 되고?!

대폭 가필 & 새 이야기 추가로 따끈따끈 지수 120%!
이세계 슬로우 라이프의 금자탑이 문고화!!

라이트노벨의 새로운 빛! L노벨의 신간은 매월 10일에 발매됩니다. http://cafe.naver.com/lnovel11

©Sunsunsun, Momoco 2024 / KADOKAWA CORPORATION

가끔씩 툭하고 러시아어로 부끄러워하는 옆자리의 아랴 양 1~8권

SUN SUN SUN 지음 | 모모코 일러스트 | 이승원 옮김

"И на меня тоже обрати внимание."
<small>이 나 메냐 토제 아브라티 브니마니에</small>

"어, 뭐라고 한 거야?"

"별거 아냐. 【이 녀석, 진짜 바보네】 하고 말했어."

"러시아어로 독설 날리지 말아줄래?!"

내 옆자리에 앉은 절세의 은발 미소녀, 아랴 양은 의기양양한 미소를 지었다.

하지만, 사실은 다르다.

방금 그녀가 말한 러시아어는 【나도 좀 신경 써줘】란 의미다!

실은 나, 쿠제 마사치카의 러시아어 리스닝은 원어민 레벨이다.

그런 줄도 모르고, 오늘도 달콤한 러시아어로 애교 부리는

아랴 양 때문에 입가가 쉴 새 없이 실룩거리는데?!

전교생이 동경하는 초 하이스펙 러시안 여고생과의
청춘 러브 코미디!

라이트노벨의 새로운 빛! L노벨의 신간은 매월 10일에 발매됩니다. http://cafe.naver.com/lnovel11

데스마치에서 시작되는 이세계 광상곡 1~29권, EX

아이나나 히로 지음 | shri, 나가하마 메구미 일러스트 | 박경용 옮김

한창 데스마치를 치르던 프로그래머 스즈키 이치로(29).
「사토」란 닉네임을 쓰는 그가 잠시 잠들었다 깨어나 보니
듣도 보도 못한 이세계에 방치되어 있었다!
혼란에 빠질 틈도 없이 눈앞에는 처음 보는 괴물의 대군이 다가오고,
하늘에서는 유성우가 쏟아진다.
정신을 차리고 보니, 최강 레벨의 힘과 막대한 부를 손에 넣었는데……?!
이렇게 사토의「유유자적, 가끔 시리어스, 그리고 하렘」인
이세계 모험담이 시작된다!!

**최강 레벨과 막대한 재보를 가지고
시작되는 유유자적 이세계 관광!!**

변변찮은 마술강사와 금기교전 1~24권

히츠지 타로 지음 | 미시마 쿠로네 일러스트 | 최승원 옮김

알자노 제국 마술 학원의 계약직 강사인 글렌 레이더스는 수업 중
자습 → 취침 상습범.
그러다 웬일로 교단에 서나 싶으면 칠판에 교과서를 못으로 고정해놓는 등,
그야말로 학생들도 기가 막혀 하는 변변찮은 강사다.
결국 그런 글렌에게 진심으로 화가 난 학생,
「교사 킬러」로 악명이 자자한 시스티나 피벨이 결투를 신청하지만—
이 해프닝은 글렌이 허무하게 패배하는 안타까운 결말로 막을 내린다.
하지만 학원에 닥친 미증유의 테러 사건에 학생들이 휘말리자,
"내 학생에게 손대지 마!"
비로소 글렌의 본성이 발휘된다!

TV애니메이션 방영 화제작!!